TAKE
SHOBO

契約結婚だと思ったのに、なぜか王弟殿下に溺愛されています⁉

竜騎士サマと巣ごもり蜜月

小桜けい

Illustration
なおやみか

JN098434

蜜猫
Novels

contents

イラスト／なおやみか

契約結婚だと思ったのに、なぜか王弟殿下に溺愛されています!?

竜騎士サマと巣ごもり蜜月《ハニームーン》

第一章　奇妙な求婚

──市場に売られていく子牛は、こんな気持ちなのかもしれない。

春の夜空に輝く月を見上げ、ユリアナは溜息《ためいき》をついた。

月明りだけの裏庭に人気はなく、時おり風に乗って、賑《にぎ》やかな笑い声と優美な音楽が届く。

ベルネトス王都の街屋敷にあるゼルニケ侯爵邸では、当主の婚約披露宴が盛大に開かれていた。

そして、屋敷の裏手にあるこの小さな中庭で一人ベンチに腰をかけているユリアナは、そのゼルニケ侯爵の婚約者だ。

豪華な装いが、十九歳という花盛りの彼女をさらに美しく飾りたてている。

結い上げた真《ま》っ直《す》ぐな黒髪には大粒の宝石が光り、銀糸刺繍《ししゆう》の施された白絹のドレスは王都の有名店が仕立てたものだ。

だが、この結婚を取りやめたら実家が破産するのでなければ、どんなに豪華なドレスや装飾品もいらない。全部突き返して、二度と近寄るなとあの男に言いたい。

憂いに満ちた緑色の瞳から涙が一粒零《こぼ》れ、ハンカチでそっと拭った時だった。

「──ユリアナ・フレーセ伯爵令嬢。貴女《あなた》は具合を悪くされて侯爵が介抱していると聞きましたが、どうして一人でこちらに？」

不意に背後から届いた涼やかな声に、ユリアナはギクリとして振り向いた。

宴で歓談している招待客は、こんな裏庭にくるまいと思っていたのに。いつのまにか、長身の青年がすぐ傍にいた。

月明かりが、青年の整った顔立ちと栗色《くりいろ》の髪を照らしだす。

（アレックス様？）

品の良い夜会服に身を包んだ青年は、王弟アレックスだった。

今年で二十三歳を迎える彼は、生まれてからずっと父王に遠ざけられていたらしい。

十七歳の時に父が逝去し、兄が王位に着いたのを機に城へ戻ったが、それまでは居場所どころか生死も定かではなかった。

だが、文武に優れて翼竜を見事に乗りこなす彼は兄王の信頼も厚く、今では竜騎士団の団長という大役を任されている。

優しい人格者と評判の上に見目も良く、国中の女性の憧れと言っても過言ではない男性だ。

「先ほどはお客様の前で見苦しい姿を失礼しました。侯爵閣下は心配してくださいましたが、一人で風に当たりたくなったので、少しここで休むことにしたのです」

涙を拭いていたハンカチを急いでしまい、ユリアナは立ち上がって嘘《うそ》の言い訳をした。

ゼルニケ侯爵は先ほど、ユリアナが具合を悪くしたようだから別室で休ませると、いかにも善良な婚約者を装って一緒に退室した。

しかし実の所、彼は宴に飽きて招待客の人妻と遊びたくなったので、ユリアナを抜け出すだしに使っただけだ。

陰で乱暴に突き飛ばされ、呼ぶまで適当な場所に隠れていろと密《ひそ》かに追い払われた。

惨めで悔しくてたまらなかったが、ユリアナはゼルニケ侯爵に反抗できない立場にある。

せめて、不愉快な男の傍を離れられる好機を喜ぼうと、こうして庭の隅に隠れたが、結婚後の暗い未来を想像し、思わず涙してしまったのだ。

「気にしなくて良い。誰でも体調を崩すことはある」

アレックスが柔らかく微笑《ほほえ》み、手仕草で座るよう促された。

どうやら、泣いていたのまでは気づかれなかったようだと、ホッとした。

何度か夜会で見かけた彼の周囲には、いつも色めきだった貴族令嬢が群がっていたが、ユリアナはその輪に入る事もなかったので、アレックスと間近で対面したのはこれが初めてだ。

(噂《うわさ》通りに優しい人なのね。それに……とても綺麗《きれい》な目の色だわ)

具合が悪いと嘘をついたのは後ろめたかったが、主賓の立場で中座したユリアナを責めるでもなく労《いた》わってくれた王弟はとても感じが良い。

それに、よく見ると彼の切れ長の瞳は、ユリアナの親友と同じ綺麗な勿忘草《わすれなぐさ》色をしている。

懐かしい『彼女』の姿が脳裏に浮かび、心の苦痛が少しだけ和らいだような気がした。

「では、お言葉に甘えさせて頂きます」

ユリアナは微笑み、ベンチに腰を降ろす。

だが、アレックスは立ち去るでもなく隣に腰を降ろし、じっとこちらを見つめてきた。

「あの……アレックス様も、風に当たりに来たのでしょうか?」

なんだか沈黙が落ち着かず、ユリアナは愛想笑いを張り付けて無難な問いかけをした。

すると、アレックスの表情が神妙なものになり、首を横に振られた。

「いや。実は貴女と内密に話したいことがあり、会場から出ていくのを見て追ってきた」

「私に、ですか?」

意外な返答に目を瞬かせると、彼は宴の灯がともる侯爵家の屋敷を仰いだ。

「失礼だが、フレーセ伯爵家の事情を調べさせてもらった。ゼルニケ侯爵は貴女との結婚を条件に、伯爵家へ資金援助を申し出たそうだな?」

「……はい」

事実なので素直に頷《うなず》くも、ユリアナは内心で首を傾《かし》げた。

彼はどうして、面識もない貴族令嬢の婚約事情を調べたりしたのだろう?

「ユリアナ嬢。先ほどの婚約発表で、貴女は富裕で色男の侯爵に見染められた幸せな女性を見事に演じていた。だが実態は、こうして宴の最中に抜け出して泣き出す程に悲惨なようだな」

射貫くような鋭いアレックスの視線と、胸に突き刺さる言葉に唇を噛《か》んだ。

相手の真意も解《わか》らずに話す以上、婚約者とうまく行っていないなんて世間体が悪くなることは、気軽に口にするべきではない。

しかし、理屈ではなく何の根拠もない感覚だけれど、彼は本当にユリアナを案じて声をかけてくれている気がする。

アレックスからはどこか懐かしい雰囲気を感じるのだ。

まるで、ずっと昔から親しくしていたような……大好きな親友を思わせる勿忘草色の瞳が、そんな錯覚を思わせるのかもしれない。

ユリアナは何度か唇を戦慄《わなな》かせた後、思い切って素直な心境を答えた。

「この結婚にあまり希望は持ってはおりません。しかし、これは私が選んだ道なので、先がどうなろうと進むだけです」

勝手に溢《あふ》れてくる涙を堪えようと、何度も瞬《まばた》きを繰り返す。


——フレーセ伯爵家は政治的な栄誉とは無縁の地味な家柄だが、事業でかなりの財を成し、ユリアナは両親と幼い弟に囲まれて幸せに暮らしていた。

しかし、ある日。父が取引相手に騙《だま》されて全財産を失ったのだ。

その事件に関してはよく解らない部分が多く、魔法を使った詐欺ではと思われるが証拠がなかったので、フレーセ家は窮地に立たされた。

そこへ、ユリアナとの結婚を条件に融資を提示してきたのが、ゼルニケ侯爵である。

彼は若い頃から多くの浮名を流していたが、三十路《みそじ》を目前に身を固める決意をしたという。

それでも、特に親しくもないのになぜユリアナを選んだのか不思議だったが、家を救う為《ため》には申し出を受けるしかなかった。

ところが婚約が成立して数日後。

侯爵邸に招かれたユリアナは、突然に応接間でゼルニケに押し倒された。

『お前を買い取ったのだから、好きにさせろ』

ゾッとするほど卑しい笑みを浮かべた男に、恐怖で頭が真っ白になった。

無我夢中で投げた花瓶が居間の窓を割り、隣家にまで悲鳴が届いて大騒ぎになったので、さすがにゼルニケも拙いと思ったらしい。

ユリアナを離して何とかその場を取り繕ったが、陰で舌打ちして言い放った。

『今日は特別に許してやるが、これ以上逆らうのなら婚約破棄をして、渡した融資も利子をつけて返させるぞ。お前の取り柄など見た目くらいなのだから、せいぜい俺に媚《こ》びて機嫌をとれ』

ユリアナはとある事情から変人扱いをされており、社交界での知己も少ないが、容姿だけはそれなりに高く評価されている。

ようするにゼルニケは、見栄えの良い従順な妻が欲しかったから、フレーセ家の財政難に目をつけてユリアナに求婚したわけだ。

反射的に平手打ちしてやりたくなったけれど、辛うじて押しとどまった。

ゼルニケからの求婚が来た時、両親は嫌なら断って良いと言ってくれた。金銭の為に娘へ不本意な結婚を強いるよりも、一家仲良く貧しい暮らしをした方がずっとマシだと言って。

その気持ちが嬉《うれ》しいからこそ、結婚という形で身売りしてでも、家族を破産から守りたい。

それから人前ではゼルニケが望むように、彼と仲睦《むつ》まじく、かつ従順な婚約者として見えるように振る舞いつつ、また乱暴されぬよう二人きりになるのは必死で避けていたのだ。

これまでの経緯を思い出し、必死に涙を堪えていると、アレックスが咳払《せきばら》いをした。

「唐突だが、結婚相手を私に変えないか？　フレーセ家への十分な支援は勿論《もちろん》、君にも不自由ない生活を約束する。妻の務めを果たしてもらう必要はあるが、少なくとも婚約発表の夜にこうして一人で泣かせるなどしない」

「え……？」

王弟殿下はいたって真面目な方と聞いているし、特に酒臭くもないけれど、酔って性質の悪い冗談でも口にしているのだろうか？

だが、アレックスは真剣な顔で続けた。

「言っておくが、私は本気だ。冗談でもなければ、酒に酔っての戯言《たわごと》でもない」

見事に心の中を見透かされ、ユリアナは赤面する。

「で、ですが、仮にも婚約発表を済ませたばかりの私に、どうして……」

狼狽《うろた》えながら尋ねると、アレックスが肩を竦《すく》めた。

「婚約をしたといっても、教会で正式な婚姻を交わしたわけではないだろう？」

「それは、そうですが……」

ベルネトスの貴族階級での婚姻は、まず自宅で婚約披露の宴をし、後日に教会にて盛大な結婚式を挙げるのが昔からの習わしだ。

神の前で正式な夫婦の誓いを立てたあとでの離縁はなかなか認められない。だが、婚約段階での破談に制約はないため、様々な事情で婚約解消となることはあった。

困惑していると、アレックスがふいに溜息を吐いた。

「急にこんな話を持ち掛けられれば、君が不審に思うのは当然だな。ただ、結婚に関しては私もせっつかれているものの、事情があって悩んでいた」

彼はバツが悪そうに視線を彷徨《さまよ》わせ、頭を掻《か》く。

「失礼極まりないことを言っているのは承知だが、君は家の事情で意に染まぬ結婚をするだけなのだろう？　そうやって愛のない結婚が出来るのならば、他の相手に変わっても……その、とにかく私に嫁いでくれれば、丁重に迎えると約束するんだが……」

先ほどまでのハキハキした物言いが嘘のような、非常に後ろめたそうなその雰囲気に、ユリアナはふと思い当たった。

（ああ、確かアレックス様には、公《おおやけ》にできない秘密の恋人がいらっしゃるとか）

この国の貴族男性は大抵、二十歳くらいで婚約者を探し始め、二十代半ばまでに結婚する。

しかし、アレックスは未《いま》だに婚約者がおらず、山ほど来る縁談も全て断ってしまう。かといって、以前のゼルニケ侯爵のように遊びたいから当面は結婚しないというわけでもないようだ。

そしていつしか、彼が恋人も作らず縁談も断るのは、公にできない密かな想《おも》い人がいるからだという噂が流れ始めた。

アレックスもそれをはっきり否定しないので、今や噂は公然の事実と扱われている。相手は他国の姫だとか、市井の貧しい娘だとか、王弟殿下の秘された恋を夢想してうっとりする女性も多い。

ただ、現国王夫妻は子沢山でアレックスの王位継承権は低いが、彼は母の生家である公爵位を継いでいるとあって、寄せられる縁談は絶えないと聞く。

公爵家の跡継ぎをなす義務がある以上、アレックスもずっと独身というわけにはいくまい。いずれ、形だけでも妻を娶《めと》るだろうというわけだ。

——君は家の事情で意に染まぬ結婚をするだけなのだろう？　そうやって愛のない結婚ができるのならば、他の相手に変わっても……。

先ほど、アレックスに言われた言葉を、ユリアナはよく考えてみた。

女性に大人気の彼ならば、形だけの妻を娶っても相手は本気で想いを寄せてくる可能性は高い。政略結婚でも、片方が恋心を持っていれば相手の愛人に嫉妬し、思いつめて事件になるなどの悲劇もたまにあるようだ。

一方で、ユリアナはアレックスを含むどんな男性にも必要以上に近寄らず、恋愛とは無縁の変人と有名だ。

そんなユリアナが急にゼルニケと婚約したというのは社交界の耳目を集め、フレーセ家が破産寸前で、娘の結婚により融資を受けた話はたちまち広がった。

アレックスもそれを聞き、誰にも目を向けなかったユリアナが家の事情だけであっさり結婚をするのなら、形だけの妻に適材と欲したのかもしれない。

（それで私に好条件を提示し、婚約破棄を促して自分に鞍替《くらが》えさせたいというのなら、納得がいくけれど……)

黙りこくって考えていると、アレックスがいきなり身を乗り出した。

「頼む。どうか、私の求婚を受けると言ってくれないか」

秀麗な顔が一気に近くなり、ユリアナは反射的に肩を跳ねさせる。

「そう仰《おつしや》られましても、既に我が家はゼルニケ様から融資を……」

「君が求婚を受けてくれるのなら、ゼルニケ侯爵とは私が話をつける。彼から今まで受けた融資に関しても全て、君やご家族に迷惑はかけないと約束をする」

必死な色を帯びた勿忘草色の瞳を間近にし、息を呑《の》んだ。

こんな胡散臭《うさんくさ》い話は断るべきだと思うのに、幼い頃に見た同じ色の瞳が脳裏にチラついて、拒絶を躊躇《ためら》わせる。

『私を忘れないで』と、縋《すが》るようにユリアナへ頼んだ少女と、求婚を受けてくれと頼むアレックスが、なぜか重なって見えた。

(……考えてみれば、私がこの申し出を受けても困る人は誰もいないのよね。それにアレックス様も、なり振り構っていられないほど羽詰まった事情があるのかもしれないわ)

実際、ユリアナは心に決めた相手がいるわけでもなく、家の為に結婚すると決めただけ。その相手が他の人間に変わったところで大差はない。

ゼルニケにしてもアレックスから婚約解消を頼まれれば、王家の者に恩を売れると大喜びでユリアナを転売するだろう。融資を求める没落貴族の令嬢など、探せば他に幾らでもいる。

「アレックス様が御身の名誉にかけて、私の家族を守ると誓ってくださるのなら、穏便に婚約破棄となった暁《あかつき》には、お話を受けさせて頂きます」

「誓う！　名誉どころか、命にかけて誓っても良い！」

途端に、アレックスが驚くほど満面の笑顔になり、ユリアナを抱きしめた。

「っ？」

細身の部類に見えるのに、彼の腕は意外な程に力強く、唐突な抱擁に硬直しているユリアナを固く捕える。

「ありがとう、ユリアナ……必ず、君を幸せな妻にする」

感極まったような声音が、耳元で囁《ささや》かれた。微《かす》かな吐息に首筋をくすぐられ、奇妙な感覚が走ってゾクリと背筋が震える。

驚きに心臓がバクバクと激しく鳴るけれど、不思議と嫌悪感はなかった。

ゼルニケには形だけのエスコートで触れられるのも怖気《おぞけ》が走ったのに。

そして、今しがた聞こえた言葉にも耳を疑った。

（幸せな妻？）

アレックスは、自分が好きな相手と幸せになりたいから、家の都合だけで結婚してくれとユリアナに申し込んできたのでは？

それとも、大人しくお飾りの妻でいればそれなりの幸せを約束するということだろうか？

「あ、あの……離して頂けますでしょうか」

おずおずと訴えると、アレックスが苦笑してようやく手を離してくれた。

「すまなかった。あまりに嬉しくて我を忘れた」

「では、私はそろそろ……」

彼から視線を逸《そ》らし、ユリアナは小声で呟《つぶや》きながら立ち上がった。

まだ抱きしめられた体温が身体に残っているようで気恥ずかしく、アレックスを直視できない。

ゼルニケから戻るように指示が来るまで、どこか他の場所で時間を潰していた方がいいだろう。

しかし、アレックスも素早く立ち上がり、ユリアナの手首を掴《つか》んで引き留めた。改めて並ぶと、彼はユリアナより頭一つほど背が高い。

「いや。君はもう帰宅した方が良い。裏門から私の馬車で送らせよう」

「ですが……」

「侯爵とは私が話をつけると、約束しただろう？　君を帰宅させたのも私だと話すから大丈夫だ。もうあの男には、君に指一本たりとも触れさせない」

そう言ったアレックスは、にこやかな笑みを浮かべながらも目は欠片《かけら》も笑っていない。有無を言わせない彼の調子に気圧《けお》され、ユリアナは狼狽《うろた》えた。

（どうしよう……）

後からアレックスが婚約解消などを持ち掛けるとしても、自分はまだまがりなりにもゼルニケの婚約者で、今夜の主賓である。

婚約披露宴にはユリアナの両親も出席したが、母は例の事件から心労で体調を崩しがちだったので、大事をとって父と早めに帰った。

　だが、ユリアナは宴の最後までいて、ゼルニケと共に招待客を見送るべきだ。それから迎えの馬車が来ることになっている。

「申し訳ありませんが、私はまだ正式に婚約解消をしておりませんので、やはり勝手に帰宅するわけにはいきませ……っ？」

　唐突にアレックスに横抱きにされ、ユリアナは小さく悲鳴をあげた。

「今にも倒れそうな顔色で宴席に戻っても、招待客を心配させるだけだろう。私の忠告を聞いて、素直に帰宅してくれ」

「は、はい」

　自分はそんな酷《ひど》い顔色をしていたのかと、思わず頬《ほお》を手で覆って頷く。

　ユリアナは小柄な部類とはいえ、夜会用の重たいドレスを着ているというのに、アレックスは平然と抱えてスタスタと裏門に向かっていく。

　抱きかかえられたまま、ついアレックスの目元を見つめていると、不意に彼と目が合った。

「何か、ついているかな？」

「失礼しました。アレックス様の目の色が旧知の女性とそっくりなので、懐かしくて……」

　正直に告げた途端、微かにアレックスが顔を強張《こわば》らせた。

「唐突に不躾《ぶしつけ》な事を言い、不愉快にさせてしまったら申し訳ございません」

　慌てて謝ると、彼はすぐに微笑んで首を横に振った。

「別に不愉快ではない。懐かしいということは、その人とはしばらく会っていないのか」

「はい。彼女は遠方に住んでいるので、直接会ったのは子どもの頃が最後になりますが、今も手紙のやりとりを続けている親友です」

「そうか。さして珍しい色でもないと思うが、君の親友と似ているというなら、嬉しい偶然だな」

微笑んでそれだけ言うと、アレックスはまた前を向いて歩きだした。

（確かに、似た色の目は珍しくないけれど……）

この国で青い系統の瞳を持つ者は多いが、青と言っても薄水色から濃紺まで多種多様だ。

特に同じ勿忘草色でも、これほど綺麗な色の瞳は、今まで親友の他に見たことがなかった。

ユリアナが他の令嬢に混ざり、アレックスの傍へ寄ろうと頑張っていれば、もっと早く彼の目を間近で見てその色に驚いただろう。

そんな事を考えているうちに、いつのまにか裏門に着いていた。

なぜか見張りはおらず、一台の上品な小型の馬車が門の傍でひっそりと待機している。

馬車の車体には、アレックスの継いだ公爵家の紋章が記されており、御者はユリアナ達を見ると恭しく扉を開けた。

だが、ユリアナの注意は公爵家の馬車より、その周囲に向けられていた。

（どうして、こんなに憲兵が？）

目を凝らせば、黒っぽい制服を着こんだ憲兵が数えきれないほどいて、不穏な気配をみなぎらせて身を潜めているのだ。

この辺りは特に裕福な貴族の街屋敷が集まっているので、当然ながら憲兵の見回りも多いけれど、単なる屋敷の警護といった雰囲気に見えない。

「アレックス様、これは一体……」

尋ねたが、彼は抱えていたユリアナを馬車の座席へ座らせると、ニコリと微笑んだ。

「君は何も心配せず、ゆっくり休めばいい。それから、ご両親には事が片付いてから私が説明するので、今夜のことについてはまだ黙っていてくれ」

反論を許さぬ勢いでアレックスは言い、ユリアナの額《ひたい》に唇を押し当てた。

「っ！」

唇はすぐに離されたが、ユリアナが真っ赤になって額を押さえているうちに、アレックスは外に出て扉を閉めてしまう。

すぐに馬車は動き出し、ユリアナは大人しく座って頭を抱えるしかなかった。

――もう、何がなんだか……。

今まで言葉を交わしたこともなかった王弟殿下と、本日初めて接触してから、まだ一時間も経《た》っていない。

あまりにも唐突な展開の数々に、自分は夢でも見ているのではないかと疑わしく思えてくる。

だが、夢ではなくユリアナは無事に自宅へ送られ、王弟の馬車で帰った娘に仰天した両親へ、説明に苦労した。

秘密だと頼まれた以上、婚約の鞍《くら》替えを頼まれたなんて言えない。

具合が悪くなって休んでいたら王弟殿下が親切で帰宅を勧めてくれたなど、嘘にならない程度に何とか誤魔化《ごまか》し、寝衣に着替えると、もうヘトヘトだった。

予定より随分と早く帰宅できたとはいえ、既に時刻は日付が変わる頃合いだ。

しかし、くたびれ切った身体で寝台に倒れ込んでも、妙に目が冴《さ》えてちっとも眠れない。

瞼《まぶた》を閉じると、どうしてもアレックスの顔ばかりが浮かんでくる。

抱きしめられた腕の強さや、額に押し当てられた唇の感触まで、まざまざと思い出してしまう。

何度か寝返りを打った末、ユリアナはついに眠るのを諦めた。

戸棚から布張りの文箱《ふばこ》を取り出し、寝台の上に座り込んで開ける。

中には、新しい物から古いものまで、百通以上の手紙がきちんと保管されていた。

可愛《かわい》らしい封筒にはどれも、女性らしい綺麗な筆跡でユリアナへの宛名が書かれ、差出人は『レティ・フォスナー』となっている。

ユリアナは封筒を一通手に取って中身を取り出すと、何度も読み返したそれをまた眺める。

親愛の籠《こ》もる手紙の差出人――アレックスとそっくりの綺麗な瞳をした、金髪の美しい少女の姿は、今も鮮やかに思い出せた。

――ユリアナは八歳の春に、右足を一度不自由にした。

両親と近くの公園へ散策に行った時、突然草むらから出て来た蛇に足首を噛まれたのだ。

すぐに駆け付けた警備員が蛇を引き剥《ひ》《は》がし、捕獲したけれど、奇妙な模様の入ったその蛇は、ただの毒蛇ではなかった。

噛まれた足首から右足全体が見る見るうちに灰色に変色し、固い石になってしまったのだ。叩《たた》くとコンコンと固い音がして、痛みも何も感じず、重くてまったく動かせない。

調べたところ、その蛇は呪術を生業《なりわい》とする者が暗殺用に飼育していたのが逃げたのだったらしい。後日に飼い主も憲兵が逮捕し、詳細が判明した。

石化の魔法はあまりに危険で残酷だと、禁呪に指定されている。

ただ、重要な臓器が石化していれば即死だが、手足なら命に別状はなく治療も可能だ。犯罪者は逮捕できたが、無関係なユリアナが被害を受けたのは痛ましいと、憲兵隊長はメルヒオーレという老医師を特別に紹介してくれた。

メルヒオーレ医師は王宮殿医の筆頭を長く勤めていたが、今は引退して、薬草の名産地である辺境で余生を過ごしているそうだ。

石化を完全に治すのには、新鮮な薬草を使った魔法薬を長期間かかさず飲まなくてはならず、薬を使う魔法使いの実力によって治療期間も大幅に違う。

メルヒオーレは医者としても魔法使いとしても超一流で、引退しても能力は未だ衰えていない。憲兵隊長の知る限りで一番早く石化を解ける人だという。

ただ、彼の屋敷は王都から馬車で一週間もかかる場所にあるので、一年の治療期間は両親と離れてそこで暮らすことになる。

心細かったが、メルヒオーレは豊かな白い顎鬚《あごひげ》を蓄えた優しいお爺《じい》さんで、ユリアナを孫のようにかわいがってくれた。

彼は博識でユーモアに富み、面白くて為《ため》になる話をいっぱいしてくれる。

元気な左足まで萎えてしまわぬようにと、ユリアナの石化した右足をギプスで保護し、松葉杖《まつばづえ》の使い方を教えてくれた。

石になった右足はとても重くて動かしにくく、一歩歩くだけですごく疲れる。

慣れない松葉杖もわきの下が痛くなったが、帰宅した時に両親には元気な姿を見せたい。早く、また元気に走りまわりたい。

懸命に松葉杖の使い方を覚え、次第にメイドの付き添いがなくても平気になった。

そしてある天気の良い昼下がり、ユリアナは久しぶりに外へ出てみることにした。

ちょうどメイド達も忙しくしていたから、一人でそっと庭へ出て、手入れされた花壇に咲く美しい夏の花を楽しんでいると、高い生垣の裏手に小さな離れがあるのをみつけた。

芝生と砂利道に囲まれた白い石造りの可愛い建物で、外の物干しには敷布やタオルと一緒に、女の子用の上等な寝間着が干してあった。

ここにユリアナ以外の女の子がいるなんて、聞いたことがなかったから意外だった。

しかも寝間着のサイズからして、持ち主はユリアナと同じくらいの年頃と思われる。

友達になれるかもと期待に胸をときめかせ、小砂利の敷かれた道に松葉杖をつき、ジャリジャリと音を立てて離れに近づいた。

ところが、玄関までたどり着く前に、音を聞きつけたのかすぐ傍の窓がいきなり開いて、金髪の少女が顔を突き出した。

『誰?』

少女はこちらを剣呑《けんのん》に睨《にら》み、唸《うな》るように尋ねてきた。

名画の天使みたいに綺麗な顔立ちと素敵な勿忘草色の瞳をしているのに、青白く血の気の引いた頬と暗い目つきのせいか、少女はとても意地悪そうに見えた。

でも、知らない子に驚いたのかもと思い、ユリアナは精一杯に笑顔を作った。

『はじめまして。私はユリアナ・フレーセ。散歩していたらここを見つけて……』

『やっぱりお前が、蛇に噛まれた間抜けか。メルヒオーレからここに来るなと言われなかった?

ま、どうでもいいけど二度と来るんじゃゃない』

乱暴な口調でユリアナの言葉を遮った少女は、バタンと窓を閉めてカーテンも閉じてしまった。

(……間抜け?　あの子、私のこと……蛇に噛まれた間抜けと、言ったわよね?)

呆然《ぼうぜん》と立ち尽くし、言われた事を反芻《はんすう》して理解するのに、少しかかった。

どうやら少女は、ユリアナのことをメルヒオーレから知らされていたようだ。

『いっ、言われなくても、貴女みたいな意地悪には二度と会いたくないわ!』

思わずユリアナも怒鳴ったが、閉まった窓からは何の反応もない。

(何よ!　来るんじゃなかった!)

怒りに目が眩《くら》んだまま踵《きびす》を返したら、重い石の足がふらついて盛大に転んでしまった。

『きゃああ!』

砂利が飛びちる派手な音とユリアナの悲鳴が辺りに響くと、窓が開いた。

『煩《うるさ》い！　さっさとどこかに……』

しかめっ面で怒鳴りかけた少女は、転んでいるユリアナを見て目を丸くした。

どうせ、転んだ間抜けとか、また嫌なことを言う気だろう。

『っ……転んだのよ。まだ足が重すぎるし、松葉づえにも慣れていないの。悪い？』

ユリアナは痛みと悔しさで涙目になりながら彼女を睨んだが、少女は嘲らなかった。

無言で小さな窓をくぐって飛び出してくると、ユリアナに手を貸してくれたのだ。

青白い顔といい、彼女は病気で伏せっていたのかもしれない。

差し出された手は細いというより、骨と皮ばかりだった。身に着けているのも寝間着と室内用の上履きで、肩より少し長い金髪は結わないでそのまま垂らしている。

少女はユリアナが怪我《けが》をしていないか素早く確かめると、母屋の方を指した。

『ここのメイドは一人で、今は出かけているんだ。小さな擦り傷だから屋敷で手当てしてもらえ』

『ええ、ありがとう。それから……さっきは意地悪なんて言って、ごめんなさい』

戸惑いながら礼を言うと、少女が急に胸元を押さえて激しく咳《せ》き込《こ》み始めた。

『どうしたの？　メルヒオーレ先生を呼んでくる？』

『いや……少し、静かにすれば……治まる……』

『そ、そうなの？　じゃあ……背中をさすったりしてもいい？』

尋ねると少女が小さく頷いたので、松葉杖で身体を支えながら、片手で背をさする。

しばらくそうしていると次第に咳《せき》が収まってきて、少女が肩で大きく息をしながら身を起こした。彼女は気まずそうにユリアナを見たが、すぐに視線を逸らした。

『私が意地悪なのは本当だから謝らなくていい。ユリアナは不運な目に遭っても私のようにいじけていないとメルヒオーレに叱られたのが悔しくて、さっきは八つ当たりをした……すまない』

掠《かす》れた消え入りそうな声で言い、ヨロヨロと建物に戻ろうとした少女の背に、思わずユリアナは叫んだ。

『それでも、本当の本当には意地悪じゃないから、私に手を貸してくれたんでしょう？　それより、私は貴女のことを何も知らないなんて不公平だわ！　名前くらい教えて！』

少女の足が止まり、彼女が振り向かないまま、泣きそうな声がユリアナに届いた。

『私は……レティ。親がメルヒオーレの知り合いでここの世話になっている商家の娘だよ』

そのままレティはすぐに玄関の中に姿を消してしまい、ユリアナは迷ったものの大人しく立ち去ることにした。

屋敷のメイドはユリアナの汚れた衣服を見て驚き、手に出来た小さな擦り傷を消毒するべく、メルヒオーレの所に連れて行かれた。

『――おやおや、そのような事が。申し訳ない。儂《わし》が下手な説教をしたせいで、ユリアナ様にはとんだとばっちりを受けさせてしまいましたな』

メルヒオーレに医務室で手当てを受けながら、レティと会った際のやりとりも全て話すと、老医師は決まり悪そうな表情で額を押さえた。

『あの方は生まれつき重い病を患っているのです。治療薬は強い薬なので幼児期には飲ませられなかったのですが、ようやく薬を飲める頃にはすっかりひねくれてしまって。どうせ治らないと自暴自棄になって治療を拒否するので悪化する一方なのですよ』

困ったものだというように溜息をついたメルヒオーレに、ユリアナは思いきって尋ねた。

『レティに、もう一度会いに行っては駄目ですか？　彼女は転んだ私を助けてくれたりして、優しい所もあるんです。私……もっと彼女とお話してみたい。仲良くなれるかもしれないでしょう？』

去り際に名前を教えてくれたレティの声は、胸が痛くなるほど寂しそうに聞こえた。

二度と来るなと言われてしまったけれど、もしあれもお説教の八つ当たりで本心ではないとしたら、もう一度だけでも会って今度はちゃんと話をしてみたい。

『それは素晴らしい。ユリアナ様がそう仰っていたと、早速あの方に伝えておきましょう。諸事情から今まで紹介できませんでしたが、あの方も一人で部屋に籠もっていれば塞ぎの虫も酷くなるばかりですからな。お二人が偶然にお会いになって幸いでした』

快活に言ったメルヒオーレに、もしかしたら彼はいつかユリアナがレティと会うのを期待していたのではと、チラリと思った。

彼は離れの事を口にしなかったが、その近くに行かないようにとも言わず、十分歩けるようになったら天気の良い日は庭へ出るよう、盛んに勧めていたのだから。

ともあれ翌日にさっそく、レティから綺麗な筆跡の手紙が届き、昨日の無礼の謝罪にとお茶の招待を受けたのは、とても嬉しかった。

離れへ行くと、今日は年配のメイドがいて、離れの中へと案内された。

小さな居間のテーブルには二人分のお茶が用意され、空色のゆったりした普段用ドレスを着たレティが椅子に腰を降ろしていた。

昨日も思ったが、彼女の肌は透けるように白いと言うよりも不健康なまでに青白い。こうしてリボンとドレスをつけて椅子に座っていると、まるで美しいが生気のない人形のように見える。

しかし、ユリアナを見た途端、彼女の頬にわずかながら赤みがさし、ガタンと音を立てて椅子から立ち上がった。

『来てくれたのか』

呆気《あっけ》にとられたように呟かれ、ユリアナは不思議に思い首を傾げた。

『ご招待をありがたく受けますって、今朝すぐにお返事を出したはずだけれど』

『一応支度はしたが、昨日は怒らせたから……それに、私との約束など守らなくても……』

視線を彷徨わせて、レティがしどろもどろに口籠っていると、傍らに控えていた年配のメイドが大きく咳払いをした。

メルヒオーレの屋敷では見かけないメイドで、着ているお仕着せも違った。彼女が、一人でここに仕えているというメイドだろう。

『レティお嬢様。どうかお言葉使いに気を付けてくださいませ。お嬢様が、まるで男の子のようだなどと思われましたら、御父上が何と仰るでしょうか』

淡々とメイドに注意されると、レティは噛みつかんばかりの形相で彼女を睨んだが、すぐに目を逸らしてユリアナに向き直った。

『来て下さって嬉しいわ。ありがとう。でも、もしも何か忙しければ……もっと他に大事な用事があれば……私に付き合っている暇はないと、はっきり言っても構わないから……』

泣き出しそうに歪《ゆが》んだ笑みを浮かべたレティに、ユリアナは胸が痛くなった。

レティは自分の身体が治ることだけでなく、お茶の招待を受けるなんて小さな約束を守られることさえないはずだと、最初から何もかも諦めているように思える。

ユリアナは無理をして自分に付き合っているだけと、決めつけているみたいだ。

思わず駆け寄って、彼女の青白い手を握りしめた。

『私は、貴女とお友達になりたいの。その大事な目的のために、貴女とまた会いたいってメルヒオーレ先生に頼んだのよ。お友達になってくれる？』

熱心に問いかけると、レティがこれ以上ないほど大きく目を見開いた。

骨ばった手が、おずおずとユリアナの手を握り返す。

『わ……私も、ユリアナと……友達に……』

『レティお嬢様』

その途端、メイドがまた咎《とが》めるような声をかけてきた。

彼女は露骨に迷惑そうな顔でユリアナを睨み、慇懃《いんぎん》な態度でレティへ頭を下げる。

『僭越《せんえつ》ながら、意見させて頂きます。せっかくのお申し出でございますが、他の方との交流は極力お控えなさるようにと、御父上の言いつけをお忘れなきようお願いします』

(レティのお父様は、お友達を作るのも駄目だと言うの?)

ユリアナが驚く前で、レティの青白い顔からさらに血の気が引いていく。

小刻みに全身を震わせたレティは、泣きそうな顔でユリアナの手を振りほどこうとした。

けれど、離れる寸前で彼女は歯を食いしばり、眉を潜めているメイドを睨みかえす。

ユリアナの手を、痩せ細った手が強く握り直した。

『エマが黙っていてくれればいい。一切の迷惑はかけないと誓う』

『ですが、私が黙っていようと、頻繁に来客があっては何よりもレティ様のお身体に触ります。できるだけ安静にしていなければなりませんのに……』

『それなら身体を治す。もう我《わ》が侭《まま》は絶対に言わないと約束しよう。あの吐きそうなくらい不味《まず》い薬も喜んで飲むし、注射だって幾らでも受ける』

レティがきっぱりと言うと、メイドは驚いたようにポカンと口を開けた。冷たそうだった灰色の目に、みるみるうちに涙が浮かぶ。

『誠でございますね! でしたら、私も全面的に協力いたしますわ! すぐにメルヒオーレ先生へ報告してまいります!』

メイドはそう叫ぶなり、レティの返事も待たずに部屋を飛び出していった。

その後姿を、ユリアナたちは呆然と見送ったが、ややあってレティがポツリと呟いた。

『こんなにあっさり許してくれるなんて意外だ。エマは父の命で昔から私に仕えているが、ここに来てからは特に厳しくて冷たくなったんだ。私が病気のせいで、自分まで世話係だからと一緒にここへ追い払われたのを怒って、嫌われたと思っていた』

『そうなの？　確かにちょっと怖そうな人だったけれど……』

　ユリアナは首を傾げて室内を見渡した。

　離れの中はそれほど広くないが、清潔に掃除されて窓もピカピカ。花瓶には美しい花も飾られ、主が少しでも住み心地良いようにと心が砕かれているのがよく解る。

『あの人は一人で、こんなに熱心にお部屋を綺麗にしてくれるんでしょう？　レティが大事だから、治療を嫌がるのにヤキモキして怒っていたんじゃないかしら？　お友達を作るのに反対したのも、一番の理由はレティの身体を心配してだったみたいだし』

　率直に思った事を言うと、レティが一瞬ギョッとしたように目を見開き、それからバツの悪そうな表情となって頭を掻いた。

『そうかもしれない……私が熱を出すとエマは徹夜で看病してくれるのに、それを当たり前だと思っていた。いつも不満や不平ばかりで、治療を受けろと言うエマを、ただ煩いと怒って……』

　美少女のレティが、少年じみた喋《しゃべ》り方《かた》や仕草をするのはちょっと変に見えたけれど、今まで同じ年頃の女の子が傍にいなかったのかもしれない。ユリアナは気にしないことにした。

『でも、これからは私とお友達になって、ちゃんと薬も飲むんでしょう？　メルヒオーレ先生は本当にすごいお医者様なのだから、治せるというなら信じるべきよ！』

『あ、ああ。約束する』

『じゃあ、もう安心ね。内緒だけど、メルヒオーレ先生の魔法薬って凄《すご》く苦いでしょう？　私も足は治したいけれどもう飲みたくないって、毎日泣き出しそうになっていたの。でも、二人で励まし合えばきっと頑張れるわ』

良薬口に苦しと昔から言われるが、魔法薬は特にそれが顕著となる。同じ種類の魔法薬でも、強い魔力を入れて効き目を良くするほど、なぜか凄《すさ》まじく苦みが増すのだ。

石化治療の魔法薬を、ユリアナは毎朝の食後に飲むのだが、メルヒオーレの作る魔法薬は効果抜群の代わりにもの凄く苦い。

濃くて甘いココアを飲めばなんとか口直しできるが、そろそろ見るのも嫌になってきた。

苦笑して白状すると、レティが何かを思いついたように目を輝かせた。

『ユリアナが毎朝ここへきて、私と一緒に薬を飲むのはどうだろう？』

『毎朝きて良いの？　嬉しい！』

『ああ。お互いにちゃんと見張れば、意地でも飲まなければいけなくなるからな』

明るく笑ったレティは、先ほどまでとまるで別人みたいで、いっそう綺麗に見えた。

レティとはきっと、最高の友人になれる。

予感は見事に当たり、その日からユリアナは毎日彼女と会うようになった。

自分の薬が子どもに不人気なのを知っているメルヒオーレは、毎朝一緒に薬を飲むのを名案だと言い、レティ付きメイドのエマも快く承知してくれた。

朝食が済むと、ユリアナはいそいそとレティの離れへ行き、彼女と一緒にテーブルについて『せーの！』で、不味い薬を飲み干す。

それから急いで、エマの用意してくれたココアで口の苦みを消し、お互いに口の周りが茶色くなった姿を見てケラケラ笑うのは、とても愉快だった。

しかし味はともかく、メルヒオーレの作る魔法薬はやはり効果抜群である。

レティの青白い顔色は徐々に良くなって発作も起きにくくなり、ユリアナの足も内部から石化が解けていくので日に日に軽くなっていく。

二人で無理のない範囲で庭を散歩したり、室内遊戯をしたりして、心行くまで遊んだ。

治療の為に家を出る時は、一年なんてとてつもなく長いと思ったのに、楽しい日々はあっという間に過ぎていく。

ユリアナは九歳を迎え、季節はまた春となった。

その日は、天気は良かったが風が冷たく、ユリアナはレティの部屋で本を読んでいた。

ここに来る以前から、彼女は一人で本を読んでばかりいたそうで、レティの寝室は小さな書庫のように本だらけだった。

『本を読んでいる間は、辛いことを全部忘れられたから……学者になったり旅人になったり、まるで違う自分になって、どこにでも行けるような気分になれたんだ。ここじゃないどこかに行きたいと、いつも思っていた』

お伽噺《とぎばなし》から旅行記に、色んな分野の専門書までズラリと並んだ書棚を眺め、レティが少し寂しそうに苦笑した。

レティは自分の父が裕福な商人で、母は亡くなっていると教えてくれたが、自分の生い立ちを

それ以上は語らない。

聞くと困ったような顔をするから、無理に聞かないことにした。

『レティはこんなに難しそうな本まで読めるほど頭が良いんだもの。病気さえ治ればきっと、何にでもなれるしどこにでも行けるわ。それに凄く綺麗だから、色んな場所にいったらどこかの国の王子様に一目惚れされてしまうかも』

窓から差し込む春の日差しが、レティの金髪を美しく輝かせている。こんな美少女は二人といないだろうと、惚れ惚れしながらユリアナは彼女を眺めた。

『うーん。私が王子なら、可愛いユリアナこそ花嫁に選ぶけれど』

照れたのか、レティは微かに頰を赤くしてそんなことを言い、それからふと真剣な表情になって、ユリアナを見つめた。

『ユリアナ……お願い。ここを離れても、私を忘れないで』

縋るような目を向ける彼女の手を、固く握りしめた。

『当然よ。レティを忘れるなんて、在り得ないわ』

ユリアナの右足に、もうギプスはない。先日に表皮へ張り付いていた石にひびが入ったかと思うと、薄い殻みたいに割れて皮膚からはがれ、すっかり元の足に戻ったのだ。

両親に急ぎの連絡をすると大喜びで、明日には実家から迎えの馬車が来る。

ただ、父は仕事が忙しく、母のお腹《なか》には弟か妹がいるので、迎えに来るのは実家の使用人だ。

両親に親友を紹介したかったが、仕方ない。

『レティにあげたくてこれを作ったの。ずっと続く友情の証よ。受け取ってくれる？』

いつ渡そうかと、朝からタイミングを伺っていた手作りの栞《しおり》を、ポケットから取り出した。

厚紙に勿忘草の押し花を張り付けて、隅にレティとユリアナのイニシャルを飾り文字で書き、お気に入りのリボンを切って端に結び付けたものだ。

『勿忘草の花言葉は、【私を忘れないで】だけじゃなく【真実の友情】いうのもあるんですって。私はレティを忘れたりしないいし、忘れられるとも思わないから、これを見たらそっちを思い出してね』

レティが押し花と同じ色の瞳でまじまじと栞を見つめ、そっと手を伸ばした。

『ありがとう。一生、大事にする』

大切そうに両手で栞を包んだ彼女に、ユリアナは目頭が熱くなる。レティを忘れなくても、明日から離れてしまうのはやはり寂しい。

『レティが元気になったら、私の家に遊びに来てくれれば嬉しいのだけれど。お父様とお母様にもレティを紹介したいの』

駄目で元々と僅かな望みをかけて伺ったが、やはりレティは顔を曇らせてしまった。

『ごめんなさい。遊びに行くのは、家の事情で……』

『だったら、手紙を書くのはどうかしら？』

落胆を堪えて提案すると、レティは目の端に浮んでいた涙を袖で乱暴にゴシゴシ擦った。

『手紙なら出せる。それから、すぐに遊びに行くのは無理だけれども、ユリアナが待っていてくれるのなら、いつか私は自分の力で会いに行く』

そう言って満面の笑みを浮かべたレティは、やはり最高に綺麗な美少女だったが、なぜか美貌の王子様のように格好良くも見えた。

出会った時の、儚《はかな》げで陰鬱な陰りは微塵《みじん》もなく、強い決意のようなものを湛《たた》えた勿忘草色の瞳がとりわけ綺麗で、今もしっかりと心に焼きついていた。

第二章　アレックスとレティ

翌朝、ユリアナはカーテンから差し込む朝日で目を覚まし、敷布《しきふ》の上に散らばっている手紙を見て驚いた。

懐かしい思い出に浸ったら緊張がほぐれ、いつの間にか眠りこんでいたらしい。

時計を見れば起床時間をとっくに過ぎていて、もうすぐ朝食の時間だ。

普段なら、決まった時間にメイドが来て、洗面など朝の支度をすることになっている。

不思議に思いながら、文箱を急いで片付けると、部屋付きのメイドがやってきた。

「夜会の後ですから、お嬢様をゆっくりお休みさせるようにと、旦那様から言われまして……」

そう言いつつ、メイドは何だか妙にソワソワした様子だった。

気になったが、とりあえず身支度を整えて食堂に急ぐと、テーブルには既に両親と弟のミシェルがついていた。

「おはよう、お姉様」

屈託ない笑みを向ける弟に、ユリアナも笑顔で挨拶を返す。

「おはよう、ミシェル。お父様、お母様、遅くなってごめんなさい」

「あ、ああ……昨夜は疲れただろうから、寝かせておいたほうがいいと思ってね」

「さぁ、早く頂きましょう」

両親はユリアナに笑みを向けたものの、やはり揃《そろ》って落ち着かない様子だ。ミシェルもそんな両親を不思議に思うようで、チラチラとそちらを見ている。

（皆、なんだか様子がおかしいけれど……何かあったのかしら？）

いつになくシンとした空気の中で朝食が終わると、両親はミシェルを部屋に連れて行くよう子守に命じ、ユリアナを居間に呼んだ。

「ユリアナ。気を確かに持って、まずはこれを見なさい」

長椅子に座ったユリアナに、向かいに座った父が真新しい新聞を差し出した。

「……え？」

紙面に大きく書かれた太文字を見て、ユリアナは目を疑う。

そこに記されていたのは、ゼルニケ侯爵が人身売買やその他幾つかの悪事に関わっていることが露見し、昨夜遅くに自宅で逮捕されたという記事だった。

ゼルニケの行っていた事業も裏で散々に汚い手を使っていたと確かな証拠が出ており、関係していた数人の貴族も一緒に逮捕されているらしい。

「そんな……」

性悪男とは思っていたが、まさか犯罪で財を成していたとまでは思わなかった。

震えながら食い入るように記事を読んでいると、母にすすり泣きながら抱きしめられた。

「まさか、こんな人だったなんて……ユリアナが結婚する前で本当に良かった。融資に焦《あせ》って見抜けずにごめんなさい。貴女が巻き込まれていたらとゾッとしたわ」

「え、ええ」

昨夜、侯爵邸の裏門で見た大量の憲兵と、意味ありげだったアレックスの笑みが脳裏をよぎる。戸惑っていると、父が咳払いをした。

「私達も新聞を見て驚いたが、さらに今朝早く、アレックス様から早急に訪問したいという便りがあってだな……」

その時、呼び鈴が鳴って父の言葉を中断した。

ユリアナは特別に勘が鋭くもないが、誰だってこれくらいの予想はつくというものだ。

玄関の扉を開けると、そこにいたのはやはり、にこやかな笑みを湛えたアレックスだった。

（幾らなんでも、展開についていけない……）

一時間後。ユリアナはアレックスと並んで彼の馬車に乗り、やや虚《うつ》ろな目になっていた。

市街地を歩く人々――特に女性が、アレックスの馬車へ熱の籠もる視線と黄色い声を向けている。

窓にかかる簾《すだれ》は特殊な織り方で、外から内は見えなくなっているのに、心から感謝した。

アレックスが女性を馬車に同乗させているところなんて見られたら、市街地は大騒ぎになること間違いない。

――先ほど、フレーセ伯爵家を訪れたアレックスは、応接間に通されると開口一番に、ユリアナへの求婚を告げたのだ。

当然ながら両親は仰天したが、一方で安堵《あんど》もしているように見えた。

ゼルニケが逮捕された事で、万が一にもユリアナまで犯罪の嫌疑をかけられたらと、それを今朝から一番心配していたようだ。

それを聞いたアレックスは、両親へ安心するように言い、昨夜の事件の説明をした。

憲兵隊を統括する大臣は以前からゼルニケに疑いの目をむけていたものの、用心深い彼の尻尾を掴むのは難しく、昨日やっと犯罪の証拠を掴んだそうだ。

ただ、事前調査からユリアナは犯罪に無関係と判明していたが、婚約者としてゼルニケの逮捕時に傍に居れば何かと醜聞が大きくなる。

そこでアレックスが婚約披露宴に赴いてユリアナを密かに帰宅させ、ゼルニケの逮捕時に『ユリアナは犯罪に無関係なので先に保護した』と、その場で大々的に告知したという。

事件を扱った新聞に、仮にも正式な婚約者だったユリアナのことが一切書かれていないのを妙に思ったが、それもアレックスが手を回してくれたおかげだった。

ただ、アレックスはユリアナの両親に、何もかも正直に話したわけではなかった。

ユリアナへワケありそうに求婚した件などおくびにもださず、帰宅を促すために会話をした際、一目惚《ひとめぼ》れをしてしまったのだと誤魔化したのだ。

そしてまた彼は、求婚に関する国王からの推薦状まで持ってきていた。

つまり結婚は事実上の王命であり、強制的な決定だ。ゼルニケの時と違い、家の破産と天秤《てんびん》にかけて断る悩む隙もない。

『アレックス様に想い人がいるという噂は、煩わしい縁談を断る口実だったようね。お父様だって若い頃は言い寄る女性が絶えなかったから、私と会うまで似たようなことをしていたのよ』

納得した様子の母に囁かれ、ユリアナは複雑な気分で曖昧に頷いておいた。

若い頃の父は非常にもてて、付きまとう女性達を諦めさせようと恋人がいる素振りをしたこともあるらしい。その後で母に恋をしたものの、恋人がいるくせにと激怒されてしまい誤解を解くのが大変だったと笑い話で聞いた。

でも、昨夜にアレックスはユリアナと接触した時、ゼルニケがこのあとすぐ逮捕されることを知っていたわけだ。

それなら、あの時点で自分に鞍替えするようになど求めたりせず、ユリアナにも昨夜に一目惚れしたと言い、後から求婚するほうが簡単だったはず。

ユリアナの婚約が無くなればフレーセ家の財政は困るのだから、新たに資金援助を提示して求婚すれば断わられる心配もない。

ましてや王命まで使えるとあれば、ユリアナの意志など尋ねなくても娶るのは簡単だ。

それが、どこか後ろめたい様子であそこまで必死に頼む必要があったのは、あくまでも自分とて事情があって求婚したのだと、きちんと知らしめる目的としか考えられない。

「――ユリアナ？　気分でも悪くなったのなら馬車を停《と》めさせようか？」

不意にアレックスから声をかけられ、考えに耽《ふけ》っていたユリアナはハッと意識を引き戻された。

「い、いえ。大丈夫です」

困惑を押し隠し、愛想笑いを作って返事をする。

なぜユリアナがこうして彼と馬車に乗っているかと言えば、今日から王宮の一角に住むことが、王命によって強制決定したからだ。

現国王であるベルント陛下は、三十代半ばの筋骨逞《たくま》しい偉丈夫だ。豪胆かつ誠実な人柄で為政者としての能力も高く、国民から絶大な支持を得ている。

数年前に亡くなった前王は、結婚してすぐに授かった第一王子ベルントに多大な期待を寄せ、厳しくも一流の教育を施した。

だが、第一王子の誕生から十年以上経って産まれたアレックスについては、まるで存在しないかのように振る舞い、家臣が安否や居場所を尋ねることさえ許さなかったのだ。

アレックスは出産時に亡くなった王妃と一緒に死産しているとか、不義の子だったので王に母子共々斬り殺されたとか、当時は様々な憶測を呼んだという。

そして十七年が経ち、即位したベルント陛下は、アレックスは故あって今まで城を離れていたとだけ皆に話し、無遠慮な質問は禁じるとした。

だからアレックスの過去には謎が多いのだが、とにかく彼は兄王へ深く忠誠を誓っているし、離れて暮らしていたとは思えぬほどに兄弟仲は良いともっぱらの評判だ。

ただ、国王は自身が有名な愛妻家でもあるせいか、弟のアレックスが縁談を断り続けるのに頭を抱えていたそうだ。

妻に迎える女性は好きに選ばせるから、決まったら即日に王宮で婚約披露を行い、アレックスが住まいにしている王城の離宮で、その日から一緒に暮らすように命じられているという。

王宮では今朝早くから婚約披露の支度がされ、ドレスもあらゆるサイズやデザインが用意されてお針子もいるので、ユリアナは身一つで良いから即刻王宮へ来るようにとのことだった。

(今朝に婚約が決まって、午後には披露宴で、今夜から離宮に暮らすなんて、本当に急だわ)

昔は花嫁が純潔でないなど恥とされたが、今では婚約披露が住めば一緒に暮らし、教会で正式な夫婦となる時には既に懐妊というのも珍しくない。

ただ、その場合は結婚式の前でも既に夫婦の契りを交わしたとみなされ、婚約破棄もよほどの理由がなければ出来なくなる。

ベルント陛下は恐らく、アレックスが苦し紛れに適当な相手を婚約者と偽って連れて来ないようにと考え、婚約と同時に実質的な夫婦となるような条件をつけたのだろう。

(でも結局、アレックス様はこうして形だけの結婚相手を娶る手段に出たのだけれど……)

結婚相手を自分で選んで良いと兄王に言われながら、ワケありの求婚をユリアナにしてきたということは、アレックスの想い人はどうあっても正面切って娶れない女性なのかもしれない。

それでアレックスは、これ以上結婚を渋って兄王の気持ちを無下にはできないと、こんな手段に出てしまったのだろうか?

少々複雑な気分で考えこんでいると、アレックスが気まずそうに咳払いをした。

「陛下の命令がなくても、どのみちユリアナにはすぐ城へ住んでくれるよう頼んでいた。無理をかけて済まないが、必要なものがあれば何でも遠慮なく言ってくれ」

なるほどと、ユリアナは頷く。

「私が王宮に移っていれば、式の準備や打ち合わせなども効率的にこなせますものね」

王家の結婚式とあれば、半年以上も準備をかけて盛大に行うのが通例だ。

婚約披露は簡単に済ませても、結婚式まで簡略は流石《さすが》に出来ないはず。

おまけに、何だかワケありらしい求婚をした彼にしてみれば、ユリアナが城に住んでいた方が、昨夜みたいに内緒話をするのにも都合がいいだろう。

だが、何故《なぜ》かアレックスは一瞬顎の外れそうな顔でユリアナを凝視し、額を押さえて呻《うめ》いた。

「申し訳ございません。私は何か、勘違いした発言をしてしまったのでしょうか？」

思い切り酷いことを言われたような対応に狼狽えると、アレックスが何度か深呼吸してから首を横に振り、顔をあげる。

「いや。別に……性急すぎると思わないでくれたなら結構だ」

気を取り直したように彼は微笑み、上着の内ポケットから封筒を取りだした。

「それから、これを先に渡しておこう。魔道書研究室への入室許可証だ」

「私が、魔導書研究室に？」

信じがたい言葉に耳を疑い、ユリアナは差し出された封筒を凝視する。

この世界には大昔、優れた魔法文明があった。

今でも魔法を使える魔力持ちは少数ながら存在し、魔道具も流通しているけれど、その当時の魔法文化は想像を遥《はる》かに超えるレベルだったらしい。

滅んだ理由には幾つもの仮説が立てられているだけで判明しておらず、当時の詳しい記録も殆《ほとん》ど残っていないが、世界各地で発掘される魔導書が失われていた魔法や技術を教えてくれる。

そしてユリアナが変人扱いされているのは、難解な暗号で記されている魔導書を読み解く、魔導書研究にのめり込んでいる故だった。

「女性の入室は前例がないが、陛下は実力さえあれば性別で差別はしたくないという主義だ。君がその分野に興味が深く優れた師にも学んでいたと推薦し、考慮して頂いた」

恐る恐る封筒を開けると、中には確かに、ユリアナを魔導書研究室の一員とする旨と、国王のサイン入りの証書が入っていた。

ユリアナに魔導書への興味を持たせたのは、メルヒオーレ医師だ。

まだ石化した足と松葉杖に慣れず、部屋にいる時間が多くて退屈していた子どもの頃のユリアナに、博識な老医師は色々な話をしてくれた。

どれも面白かったが、特に興味を惹《ひ》かれたのは魔導書の話だ。

魔法を使うのには生まれついての魔力が必要だが、魔導書研究ならば魔力を持たぬユリアナにも可能だ。

元々、パズルや謎解きが大好きだったユリアナは、メルヒオーレから幾つか簡単な写本をもらって暗号解読に挑戦し、その奥深さにすっかり惹きつけられた。

それに、魔導書には石化魔法のような恐ろしい魔法が記されていることもあるが、優れた魔法薬や画期的な魔道具の作り方が記されて、人々の役に立つ方が多い。

魔導書研究をもっと学びたいと望んだユリアナは、メルヒオーレの知己である隠居学者を紹介してもらい、王都に戻ってからそこへ弟子入りしたのだ。

しかし、諸外国では女性の武人や官僚も続々と出ている中、ここベルネトス王国の貴族階級は未だに保守的だ。

貴族令嬢は結婚して夫を支えるのが一番の幸せとされ、隠居学者に弟子入りしてまで魔導書研究に没頭するなんて、この国の貴族令嬢としてはとんでもない変人と評価される。

幸いにも両親は理解を示して好きなようにさせてくれたが、社交の場では『魔導書憑《つ》き令嬢』と揶揄《やゆ》され、遠巻きにされていたのだ。

「あ、ありがとうございます。なんとお礼を言って良いか……推薦してくださったアレックス様に決して恥をかかせないよう、励みます！」

感激に声を震わせ、アレックスへ深々と頭を下げた。

城の魔導書研究室には、魔導書に関する膨大な資料は勿論、まだ未解読の魔導書が何冊も保管されていると聞く。

だが、そこに入れるのは一握りの優秀な学者だけだ。

こんな機会がなければ、隠居学者から学んだだけのユリアナが入れるなんて、一生なかったに違いない。

歓喜に胸を弾ませつつ、封筒を慎重に手提げへしまうと、不意に気が付いた。

(……もしかして、アレックス様が昨夜に言っていた『幸せな妻にする』というのは、こういうことだったのかしら)

愛のない結婚を持ち掛けておいて『幸せな妻にする』なんて不思議だったが、『魔導書憑き令嬢』というユリアナの評判を考慮し、最善の対価を与えるというのなら納得だ。

たとえアレックスが結婚後、ろくに新居に戻らず愛する人と過ごしていようと、ユリアナはお飾りの妻という立場をわきまえているので傷ついたりしない。

しかも魔導書研究室へ出入りを許されるなら、心置きなく憧れの研究室に入り浸り、充実した蔵書と向き合って過ごせるわけだ。

もっとも、妻の義務を果たしてもらう必要があると言われたからには、社交面で任される役割もあるだろう、ただのんびり過ごしてだけはいられない。

アレックスと夫婦らしい生活もせず、彼の妻として公の場に出れば、形だけ娶られた女などと揶揄されたりもすると思う。

でも、アレックスのおかげで犯罪までしていたゼルニケに嫁がなくて済んだうえ、実家の破産も救ってもらった。加えて、夢にまで見た魔導書研究室に入れるなら、陰口くらい全く平気だ。

まさしく『幸せな、形だけの妻』である。

(それなら私もアレックス様がお幸せになれるよう、精一杯に頑張るわ!)

アレックスが自分に声をかけてくれたことに心から感謝し、ユリアナは胸中で張り切った声を上げた。

石灰岩で造られた美しい白亜のベルネトス王城と、その上空を飛び回る勇猛な竜騎士は、古くから各国の詩人に好んで題材にされている。

竜種の殆どが滅びた今、翼竜は希少な生存種だ。

翼竜は一匹一匹が異なる色彩豊かな鱗《うろこ》で全身を覆われており、長い首と尻尾を持つ。そして薄くしなやかながら力強い大きな翼で、空を自由に飛び回るのだ。

翼竜は完全な草食で人間を食う事はないが、知能も気位も非常に高い。

竜騎士団は、このベルネトス王国の主戦力であり民の憧れだけれど、竜騎士になれる者は非常に少なかった。

用心深く気難しい翼竜と心を通わせられる忍耐と、空を自在に飛び回る翼竜を乗りこなし、その状態で戦えるだけの実力。それらを兼ね備えた者だけが、竜騎士になれるのだ。

竜騎士と翼竜は主従の関係ではなく、あくまでも対等な相棒だ。

翼竜用の厩舎《きゅうしゃ》は用意するが、あくまでも夜露や雨をしのいで休み食事をする憩いの場所であり、首輪をつけてそこにつなぐなど論外とされる。

ただ、実質的な放し飼い状態ではあっても、翼竜とてよほど無礼な真似《まね》をされなければ、無暗《むやみ》に人間を攻撃することは決してしなかった。

翼竜は鳴くだけで人間の言葉を話せないけれど、ある程度は理解しているらしい。

自分が友と認めた騎士と働けば、居心地のよい住居と丁寧なお世話と美味しい食事がもらえると心得《こころえ》、真面目に城勤《しろづと》めをしているのだ。

馬車が跳ね橋を通り抜けて内門をくぐると、一番高い尖塔《せんとう》に止っていた翼竜が急に翼をはためかせてこちらへ向かってきた。

ユリアナが今までに見た翼竜の中でも飛びぬけて翼が大きく、晴れた夜明けを思わせる深い群青の鱗をした翼竜だ。

「帰ったぞ、ティオ！」

アレックスが簾《すだれ》を持ちあげて窓から顔を出し、愛竜へ呼びかけた。

十七歳でアレックスが城に戻った時、彼は既にこのティオと名付けた翼竜を相棒としていたそうだ。

彼が若くして竜騎士団長に抜擢《ばってき》されたのは、決して王弟の地位や兄王の贔屓《ひいき》ではなく、明らかに飛び抜けた実力を皆に認められたからだとも聞く。

実際、隣国との小競り合いや盗賊退治などで数々の武勲をたてており、今や竜騎士アレックスと愛竜ティオの名前は、国内外で広く知れ渡っている。

「キュィィッ！」

ティオの鳴き声は、大きな迫力ある体躯《たいく》からは想像もつかぬ、小鳥のさえずりみたいに可愛い声だった。

(翼竜って、こんな可愛い声で鳴くのね！)

翼竜は空高く飛んでいる姿をたまに見かけるくらいだったから、こんなに近くで鳴き声を聞いたのは初めてだ。

ティオはアレックスが帰ってきて嬉しいのだろうか。馬を驚かせない程度の高さで、馬車の上をグルグルと旋回しながらついてくる。

声だけ聴けば、まるでひな鳥が親の後を喜んでついてきているみたいで微笑ましい。

「竜騎士と翼竜の絆《きずな》は深いとよく聞きますが、本当に仲が宜《よろ》しいのですね」

可愛らしい声に頬を緩ませていると、簾を戻して顔を引っ込めたアレックスが苦笑した。

「ティオは小さな時に親を亡くして、俺を兄弟みたいに思っているようだ。だが、やはり幼竜期に甘え足りなかったんだろうな。成竜になっても未だに子どもみたいな悪戯《いたずら》を仕掛けてくる」

「まぁ、どんな悪戯ですか?」

興味津々でユリアナは尋ねたが、アレックスが答える前に馬車が停まった。城の正面玄関へと着いたのだ。

アレックスが手を貸してくれ、ユリアナは丁寧に掃き清められた石畳の上に降りる。

眩《まぶ》しい陽光に目を細め、城を見上げた。

アーチ型の入り口の上部には、竜の頭部を象《かたど》ったベルネトス王家の紋章が大きく掲げられ、古く巨大な城は、恐ろしく威厳に溢れて見えた。

(今日からここで暮らすのね……)

正確には、城の敷地内にあるアレックス用の離宮で暮らすのだが、実際に城へ着くとさらに緊張が競りあがってきた。

ドクドクと、緊張で胸の鼓動が早くなる。

本日の婚約披露は国王夫妻に挨拶を述べるのみ。ごく短時間で終わるのがせめてもの救いだ。

「解らない事は侍女へ聞けばいい。私も近くの部屋にいるから、何かあればすぐに呼んでくれ」

アレックスがエスコートの腕を差し出しながら、柔らかく微笑む。

僅かに弧を描いて細められた目は、単に強い陽射《ひざ》しが眩しいせいだと思うのに、とても愛《いと》おし気《げ》に見つめられているような気がしてしまい、心臓がドキリと跳ねる。

（な、何を勘違いしているのよ！　アレックス様は協力者として私を求めているだけ！）

己を叱咤《しった》し、煩く鳴る心臓を気にしないよう努めながら、ユリアナはアレックスと城内へ向かった。


控えの間には、本当に様々なデザインのドレスがこれでもかというほど用意されており、待ち構えていたお針子と侍女によって驚くべき早さで身支度が整った。

髪も結いなおして控室から廊下に出ると、既にアレックスは身支度を終えて待っていた。

「……」

品の良い宮廷服から、群青の鎧《よろい》にマントという竜騎士団の正装に着替えた彼を見て、ユリアナは息を呑んだ。

竜騎士団はマントだけ統一されおり、鎧はそれぞれ色が違う。彼らの鎧は、相棒の翼竜から剥《は》がれ落《お》ちる鱗で作られているそうだ。

　夜会服や宮廷服でも、アレックスの整った容姿は十分に人目を惹きつけたが、深い群青の鎧姿はこの上なく彼に似合い、息もつけぬほどに見惚《みと》れてしまう。

「何かあったのか？」

　心配そうに尋ねられ、ユリアナはハッと我に返った。

「いえ！　少し、緊張してしまって……失礼いたしました」

　まさかお飾りの妻という立場で、彼が素敵だから見惚れてしまったなどとは言えない。

「そうか。陛下も急に呼びたててユリアナに無理を強いているのは承知だ。出来るだけ負担のないよう配慮すると仰っていたから、安心してくれ」

「はい。陛下のご寛容な御心《おこころ》に感謝いたします」

　見惚れていたのがバレなかったのと、謁見への緊張が少し和らぎ、二重の意味でホッとする。

　しかし、今度はアレックスがじーっとユリアナを眺め、微かに眉を顰《ひそ》めた。

「あの……何か、良くなかったでしょうか？」

　婚約披露の装いをするのは二回目だが、白絹に銀刺繍というドレスの規定は守っているし、宝飾品も特に拙い所もないはずだ。

　不安になって首を傾げると、アレックスが溜息交じりに頭を振った。

「逆だ。あまりに綺麗で、私以外の人に見せるのが惜しくなる」

「え？　あ……お褒め頂きありがとうございます」

顔が引《ひ》き攣《つ》りそうになりながら、ユリアナは精一杯に作り笑いを浮かべた。

男性がエスコートする女性を褒めるのはごく普通のマナーだけれど、社交辞令で褒めたにしては、いささか大袈裟《おおげさ》な気もする。

（もしかして、私が緊張しているから、自信をつけさせようとしてくれたのかしら？）

多分、そうだと思うけれど、アレックスのように美貌の男性から大袈裟に褒められると、余計にドギマギしてしまう。

ともあれ、いつまでもグズグズしているわけにはいかない。

差し出された彼の腕をとり、腰が引けないよう精一杯に気を張りながら謁見の間へ入る。

謁見の間は一部の床が高くなっていて、国王の座る玉座と、それより少し小さな王妃用の玉座が置かれていた。

磨き抜かれた大理石の床には、入り口から玉座まで深紅の細長い絨毯《じゅうたん》が敷かれ、その両脇に重臣が立ち並んでいる。

貴族といっても城に慣れていないユリアナには、この荘厳な空間に入っただけでかなり圧迫感を受ける。

大柄で威厳あるベルント陛下と、美しく気品に満ちた王妃を前に、緊張で倒れないようにするのに必死だ。

しかし、アレックスが型通りの挨拶を述べ、ユリアナもお辞儀を済ませると、途端に国王が相好を崩した。

「ようやくアレックスが伴侶を決めて、実にめでたい。ユリアナ嬢には急な事で驚かせただろうが、末永く弟と仲睦まじくしてほしい。なぁ、妃」

「ええ。これから先、頼みますよ」

凛《りん》とした無表情だった王妃にも柔らかな笑みを浮かべて言われ、恐縮しきりでユリアナは頭を下げる。

「も、勿体《もったい》ないお言葉でございます」

重臣の幾人かは、何となく訝《いぶか》しそうな視線をユリアナに向けていたが、無理もない。

断固として結婚を拒否していたアレックスが急に婚約者として連れて来た相手が、よりによって今まで何の接点もなかった令嬢で、しかも一目惚れと言うのだから。

ユリアナだって当事者でなければ、さぞ不思議に思っただろう。

ともあれ、短い婚約披露はつつがなく終わった。

謁見の間を出るとすぐに、アレックスは竜騎士団の方へ呼ばれてしまい、元の服へと着替えを済ませたユリアナは、侍女に案内されてこれから住む離宮へ向かった。


離宮は王宮のやや奥まった場所にある、こぢんまりとした上品な建物だった。

専属で離宮に勤める使用人はいずれも感じが良く、使用人棟住まいの子ども達まで挨拶に来てくれ、思わぬ歓迎にホッとする。

今日は朝から慌ただしく、昼食は婚約披露の後で着替えをしながら軽食を摘まんだくらいだったが、夕食は離宮の瀟洒《しょうしゃ》な食堂に案内された。

ただ、多忙なアレックスは夕食を城の食堂で済ませることが多いそうで、広い食卓に用意されていたカトラリーはユリアナの分のみだった。

実家では家族そろっての食事に慣れていたから、食卓に一人でポツンと座っていると少し寂しくなった。

でも、出て来た料理はどれも美味しく、部屋付きメイドも有能で、湯浴《ゆあ》みから上等な寝衣の用意まで十分すぎる程に良くしてもらう。

メイドが退室すると、完全に気が抜けてユリアナは寝台に倒れ込んだ。

ちなみに、アレックスの寝室とは廊下を挟んで向かい合わせだ。

貴族の夫婦ならば寝室は基本的に別で、夫は望む時だけ妻の寝室を訪れて抱く。

しかし、後継ぎを産むのは貴族の妻の義務とはいえ、アレックスはワケありで結婚をもちかけたのだ。彼がユリアナを抱きに来ることはないだろう。

(今日は流石に疲れたけれど、まだ手紙を書く時間はありそうね)

広々とした柔らかな寝台に腰を降ろし、ユリアナは戸棚の上に置かれた時計に目をやる。

(この二日間で婚約相手まで変わったなんて、我ながら未だに信じられない気分だわ。レティにも心配をかけたでしょうし、できるだけ早く知らせなければ)

ユリアナが石化治療を終えた一年後に、レティも病が完治したので、じきにメルヒオーレのもとを離れるという手紙がきた。

レティは元から子が産めない体質と判明しているので、男性との結婚やドレスを着ての社交デビューはなく、しばらくは知人の世話になって暮らすということだった。

元気になった彼女に会いたかったが、そこは王都からかなり遠い僻《へき》地だ。ユリアナがそこまで行くのはとても許可できないと両親に言われてしまった。

そんなわけで、この十年というもの、手紙だけのやり取りだが、未だにレティは一番の親友だ。

ただ、レティには困ったことがあれば何でも相談してくれと言われていたけれど、ゼルニケとの婚約が決まった時は、それを彼女に告げるべきか悩んだ。

家の破産絡みで決まった婚約者が最悪だなんて、彼女に言ってどうこうできるものでなく、心配をかけてしまうだけだ。

普通に結婚するとだけ知らせようかと思ったのだが、ゼルニケと結婚して支配下に置かれたら、手紙も自由に出せなくなる可能性が高い。

急にユリアナが手紙を寄こさなくなったら、レティは心配するか、もしくは自分が忘れられたと思って傷つくかもしれない。

悩んだ末、残念ながら嫌な結婚を避けられないと、自分の状況を包み隠さず打ち明けた。

レティの所まで、王都からの通常郵便物なら届くのに二週間近くはかかるが、あの手紙はとっくに届いたはずである。

アレックスは昨日、ユリアナが親友と文通をしていると言ったのを覚えてくれていた。手紙を出したい時は侍女に言えば、すぐに郵便所へ届けてくれるそうだ。

今から手紙を書いて明日の朝一番に速達を頼もうと、ユリアナは私室に移って文机に向かう。

（……でも、どうやって書こうかしら）

上等な便箋や封筒など、書き物には困らぬ一式が揃っていたが、いざペンをとった途端に考え込んでしまった。

アレックスとの婚約は新聞にも載り、手紙に書かなくたってレティも近く知るはず。

親友の彼女に必要以上の隠し事や嘘はつきたくないけれど、だからといってアレックスからワケありな感じに求婚された事情を、馬鹿正直にそのまま書くわけにもいくまい。

レティがいるのは遠い僻地と言っても、新聞や人の口で情報は渡り、彼女は王都のこともかなりよく知っているようだ。

縁談を断り続けていたことで有名なアレックスが、急にユリアナへ求婚したなど不思議に思うだろうし、婚約の切っ掛けについて何も記さなければ、それこそ訝《いぶか》しむだろう。

結局、婚約披露でアレックスと話した際に意気投合し、翌日に求婚されたという、彼がユリアナの両親へ語ったものを丸ごと流用させてもらい、想い人の噂にはあえて触れなかった。

ようやく手紙を書き終えて時計を見れば、ちょうどいつもの就寝時間だった。

私室と寝室は続き部屋になっているが、それぞれ廊下にもつながる扉がある。

寝室に戻ったユリアナが上着を脱ごうとした時、廊下側の扉がコンコンと叩かれた。

「ユリアナ。入っても良いだろうか？」

アレックスの声だった。

「はい。どうぞ」

返事をすると、ユリアナと同じく寝衣の上に薄手の上着を羽織ったアレックスが姿を見せた。

騎士にしては細身な人だと思っていたが、着やせする性質だったらしい。

わずかにはだけた寝衣の胸元からは筋肉質な身体がチラリと覗《のぞ》き、逞しい男の人なのだと妙に生々しく実感して、顔が赤くなる。

「部屋は気に入ってくれただろうか？」

アレックスはユリアナの動揺など気づかぬようで、扉を閉めると微笑んで尋ねた。

「このように素敵なお部屋を頂き、感謝の言葉もありません」

ユリアナに与えられた部屋は、随分と前からアレックスが妃を迎えた時のために用意されていたものだという。

一般的に見て女性が喜びそうな内装に調えたのだろうが、色調から調度品の雰囲気まで、どれも驚くほどユリアナの好みにあっていた。

「そうか、良かった」

アレックスは嬉しそうに頷いたが、ふと神妙な表情になった。

「ところで、折り入って頼みがある」

真剣な声で切り出され、ピンときた。

多分、彼の愛する人に関して、建前の妻であるユリアナに協力を求めたいことがあるのだろう。

薄着姿一つで変にドキドキしていたのが滑稽に思え、さっと冷静になった。

「かしこまりました。何なりと仰ってくださいませ」

姿勢を正して返事をすると、アレックスが心なし辛そうに眉根を寄せて口を開いた。

「公の場ではそうもいかないが、普段は敬語など使わず気楽に話してくれないだろうか？」

「え？」

「ついでに私を呼ぶ時も、敬称などいらない。アレックスと気軽に呼んでくれ。兄夫婦も、妻が夫にひれ伏すような関係は嫌だという主義で、公式の場以外では普通に名を呼び合っている」

「ですが、たとえ内輪とはいえ、私が王弟殿下と気軽に話すなど恐れ多く……」

国王夫妻はともかく、自分は形式だけの妻だ。私的な間柄では一定の距離を置くつもりでいる。

そう言おうとしたが、アレックスの指が顎にかかった。怜悧《れいり》な顔が近づいたかと思うと、唇を同じもので塞がれる。

「んっ！」

反射的にユリアナは身を離そうとしたが、アレックスが顎をしっかり押さえながらもう一方の手で腰を抱き寄せてくる。

唇の表面を合わせたのはほんの数秒で、すぐにアレックスは離してくれたけれど、ユリアナにはとてつもなく長い数秒間に感じられた。

（え……？　な、なぜ私に、口づけ？）

自分は今、茹《ゆ》でた蛸《たこ》みたいな顔色になっているのではと思う程に、頬が熱い。

肩で大きく息をしていると、また抱きしめられた。

「せっかく結婚できたのに、二人きりの時でさえユリアナから堅苦しく接されるなど、寂しくてたまらない」

二人とも、上着を羽織っただけの薄い寝衣姿だ。密着した身体から布越しに彼の体温が伝わってきて、壊れそうな程に心臓の動悸《どうき》が早くなる。

「え、え……？　な……どうして……」

混乱の渦の中、切れ切れに声を発する。

どうしてアレックスはユリアナに、いきなり口づけたり抱きしめたりしているのか。

「どうして？　私達は陛下の立会いの下、正式に婚約披露を済ませたのだから、もはやユリアナを抱くのに何の支障もない」

見上げたアレックスの顔は真剣そのもので、冗談やからかいの様子など微塵《みじん》も見えない。

（ええ――――っ？）

狼狽えるユリアナの脳裏に、

『妻の役目は果たしてもらう必要がある』と言っていたアレックスの声がふいに蘇《よみがえ》った。

（ま、まさか、妻の役目って、そちらの方面も込みで？）

彼の望む『妻の役目』とは、アレックスを社交面で支える事だと思っていた。

それに、愛妾《あいしょう》の産んだ子どもをそのまま跡継ぎに据える貴族は珍しくないが、相手の身分などに問題があれば、密かに引き取って正妻の子として育てる場合もあるらしい。

ゼルニケが逮捕されてもフレーセ家が破産しないで済んだのは、アレックスがユリアナに求婚して融資を代わりにしてくれたおかげだ。

だから将来、彼が愛する女性との間にできた子を育ててほしいと言われれば、喜んで引き受けるつもりだった。

我が子でなくとも恩人の子どもだと、大切に育てるつもりだった。

でも、彼が頑《かたく》なに隠している想い人とは、正式な結婚どころか、密かに身体を繋《つな》げる事すら叶《かな》わないのかもしれない。

（それなら私に課す妻の務めが、跡継ぎ作りまで込みだったとしても仕方ないけれど……）

大部分の男性は、相手の女性へ特別な愛情がなくとも抱けるものと聞く。男性相手に春をひさぐ商売が成り立っているのだから、偏見や思い違いではない証拠だ。

それに、アレックスに子が出来なければ、彼が継いだ母方からの公爵家は後継ぎ不在で消滅する。だからこそ、幾ら断っても縁談を持ち掛けられていたわけだ。

彼が、愛する女性との間に子を作って自分に託すだろうなんて、ユリアナの勝手な思い込みだ。

求婚条件を、都合の良いように受け取り、今さら抱かれる気はありませんでしたなど言えない。

「貴女が家のために求婚を受けただけなのは承知だが、こうして頼んでも頑なに他人行儀な態度で距離を置こうとするなど……やはり、私を好きになれそうにはないか？」

不意にアレックスが溜息をつき、視線を彷徨わせていたユリアナの顔を覗《のぞ》き込《こ》んだ。

シュンと悲しそうに眉を下げたアレックスは、国内外で騒がれる勇猛果敢な竜騎士団長とは思えない。まるで捨てられる寸前の子犬のようだ。

「いえ、あの……アレックス様はお優しくて魅力的な方だと思いますが……」

彼は自分を好きになりそうもないからこそユリアナに目をつけたとばかり思っていたのに、むしろ好きになってほしいようなことを言われて面食らう。

「私はユリアナを愛している。愛する女性に気遣い、優しくするのは当然だ」

「……？」

今度こそ、耳を疑った。鳩《はと》が豆でもぶつけられたような顔で、ポカンとユリアナはアレックスを凝視する。

「ですが、私とは昨夜まで会話をしたこともありませんのに」

思わず首を傾げると、アレックスの表情に一瞬、僅かな動揺が現れた。

だが彼はすぐにその動揺を消し、取り繕うように微笑んだ。

「ユリアナと夜会で言葉を交わしたことはなくとも、何度も見かけてはいたぞ」

あっさりと言われてユリアナは目を瞬かせた。

「見かけただけで、ですか？」

「世の中には一目惚れで結ばれる男女とているだろう」

「ええ。それは、まぁ……」

自分の父が母に一目惚れして結婚したという身近な例を思い出し、つい頷いてしまった。

「そういうことだから、私が君を愛しているのにも、何の疑問を抱く必要はないな」

笑顔で言い切られ、ユリアナは思い切り顔を引き攣らせて心の中で叫んだ。

――いえいえ！　何を爽やかに、さらっと誤魔化そうとしているんですか！

彼が前からユリアナを好きだったというのなら、ただ縁談を断り続けて兄王をここまでヤキモチさせることなく、とっくの昔に求婚していたはずだ。

おまけに、事情があって結婚を悩んでいたとか、肝心な部分に答えがない。

（ワケありそうな求婚だと最初から承知で受けたのだから、好きな女性が他にいるとしても、素直に言ってくれて構わないのに……）

今さら、中途半端に誤魔化されるような感じで『愛している』なんて言われる方が戸惑うし、気持ちを弄ばれているようで愉快ではない。

いっそうモヤモヤして黙りこくると、アレックスが口を開いた。

「昨夜も今日も、君と会話をしている時は楽しくてたまらない。こうして一緒にいると心から安らげる。君に、もっと親しく接してほしいと……そう願ってしまう」

口元は微笑んでいるのに、彼の目は笑っていない。

怯《おび》えと不安の入り混じったような勿忘草色の目が、子どもの頃の全てを諦め絶望していたレティと重なり、手を差し伸べずにいられなくなる。

アレックスが何を考えているか解らず不安だったが、どう足掻《あが》いた所で自分が彼と結婚して抱かれるには変わらないと、ユリアナは腹をくくる。

「わ、解りまし……解ったわ、アレックス！　貴方《あなた》が望むなら、二人きりの時だけはこうしてお話しするわ」

半ば自棄になって叫ぶと、途端に彼が満面の笑みになった。

「ありがとう。ユリアナ……」

耳元に吐息がかかり、ゾクリと妖しい感覚が走って背筋を震わせた。

間近で見つめてくるアレックスの両眼《め》は熱っぽく、こういった経験のないユリアナにも、溢れんばかりの情欲が籠もっているのを本能的に感じる。

彼がユリアナの顎に手をかけ唇を合わせられる。

ただ、今度は触れるだけの口づけではなかった。合わせた唇の隙間から彼の舌がヌルリと侵入してくる。

「んっ、んん！」

生暖かい舌が、ユリアナの口内を貪るように舐《な》めまわす。

口の中に他人の舌を入れられ、舐めしゃぶられるなんて、想像したこともなかった。

ゼルニケに押し倒された時は、それこそ怖気が走って、相手が耳を押さえて怯《ひる》むほど凄まじい絶叫をしたのに。驚きはあってもなぜか嫌悪は感じない。

息が苦しくなる頃にようやく唇を離され、肩で大きく呼吸をしているユリアナの頬に、アレックスがちゅっと音を立てて口づけた。

「無理に呼吸を止めなくても、鼻で息をすればいい」

「ご、ごめんなさい、知らなくて……」

息を整えながら呟くと、アレックスが上機嫌といった風に目を細めた。

「とても可愛い。ユリアナ……舌を出して」

優しい声で命じられ、口を少し開いておずおずと舌を差し出す。

アレックスがユリアナの舌に吸い付き、貪るように深く唇を合わせる。

「ん、ふ、あ……ん……」

柔らかく濡《ぬ》れた舌がこすれ合い絡まると、湿った音がくちゅくちゅとたって耳に入り込む。いやらしい音に聴覚を犯される。

「力を抜いて、楽にしてくれ」

既に口づけだけでぐったりとしているユリアナを、彼が優しい手つきで寝台に押し倒す。

胸元のボタンを片手で器用に外され、寝衣がはだけられる。

質量のある、真っ白な乳房が露《あら》わになり、ふるりと誘うように揺れる
アレックスの視線がそこに注がれているのに気づき、ユリアナは息を呑んだ。

「やっ」

反射的に両手で胸を覆い隠そうとしたが、彼の方が早かった。

大きな手が左右の乳房をそれぞれ掬《すく》い上《あ》げ、パン生地でも捏《こ》ねるように揉《も》みしだく。

恥ずかしいのに、怖いもの見たさで目を逸らせない。

自分の乳房が柔軟に彼の手の中で形を変えていくのを呆然と眺めているうちに、胸の先端がチリチリと奇妙に疼《うず》いてくる。

「は……ぁ、んっ」

赤く尖《とが》った胸の先端を摘まれると、鋭い刺激が突き抜けた。

下腹部の奥からむず痒《がゆ》いような熱が湧き、じっとしていられなくなる。

奇妙な感覚を逃そうと、ユリアナは眉根を寄せて、ひっきりなしに吐息を漏らした。

その間にも、乳首を責めるアレックスの動きはとまらない。

摘まんだり軽く弾《はじ》いたりして弄《いじ》られると、そこはすっかり腫《は》れあがって熱を持ち、与えられる鮮烈な刺激にユリアナは身悶《みもだ》える。

アレックスが片方の乳房に顔を寄せ、胸の先に吸い付いた。

痛いほどに膨らんでじんじんと疼く先端が、生温かい彼の口内に包まれる。

赤く色づいた乳首に軽く歯を立てて舌で転がされると、たまらない愉悦がそこから身体の中に伝わって、身体の火照りがいっそう強まった。

寝衣を剥《は》ぎとられ、ユリアナが身に着けているのは下腹部を覆う小さな白絹の下着のみとなる。

夫婦の営みで裸身になるのは、知っている。

でも、理屈で解っていても、いざとなると羞恥に慄《おのの》き、頬が熱くなった。

男性の目に、自分が下着姿で晒《さら》されているのかと思うと、今すぐ逃げ出したくなる。

「だ、だめ……やっ……んっ」

全身の肌を粟立《あわだ》たせる疼きを逃そうと身を捩《よじ》ったが、アレックスの力は強く、ユリアナの動きを軽々と封じてしまう。

左右の胸の先を交互に吸われ、甘噛みされると、お腹の奥がぎゅっと引き攣《つ》れるように収縮し

た。そこにあるもどかしい熱と妖しい疼きが、次第に気持ちよく思えてくる。

　ユリアナはきつく敷布《しきふ》を握りしめ、熱い吐息をひっきりなしに繰り返す。

「感じやすいな。想像していた以上に可愛くてたまらない」

　アレックスがクスリと笑い、今度はユリアナの首筋に唇を寄せた。首筋から鎖骨の周辺までネットリと舌を這《は》わせていく。

　時おり強く吸いあげ、そのたびにツキンと微かな痛みが走ったが、それすら甘い刺激になる。ゾクゾクと背筋が震えて下腹部の熱が増す。

「もっと、可愛い姿を見せてくれ」

「そんな……殿下……」

「アレックス、だろう」

　唇に指を一本押しあてられ、そのまま口内に差し込まれた。

「ん、んぅ……」

　先ほどまで乳房を揉みしだいていた指が、今度は舌や頬の内側を弄りだした。ゆっくりと執拗《しつよう》に口内を弄りつつ、柔らかな粘膜を傷つけないよう細心の注意を払われているのが解る。

「ユリアナの身体は、どこに触れても気持ちがいい」

　アレックスが陶然とした声で呟き、片手で口腔《こうこう》を弄りつつ、もう片手でわき腹や太ももを優しく撫《な》でていく。

　さわさわと、緩く表面を撫でられているだけなのに、触れられた箇所から淫靡な熱が次々と湧き、脚の付け根の疼きが酷くなる。

高まり続ける熱を持て余して腿《もも》をこすり合わせると、濡れた感触と共にクチュリと微かな水音がたった。

「ん……く、ん、ぁ……」

口内を指で弄られながら、ユリアナは懸命に唾液を飲み干そうとしたが、アレックスの指に噛みついてしまいそうで上手《うま》くできない。

半開きになった唇の端から溢れた唾液を、アレックスがペロリと舐めとった。

ズルリとユリアナの口から指を抜き、唾液で濡れた指をそっと下へ伸ばす。

下着の横紐を解かれ、ゴクリと緊張に息を呑んだ。

(こ、怖いけれど、我慢しなくては……アレックス様が私を本当に好きかどうかは別として、妻の務めは果たすと約束したのだもの)

必死で自分に言い聞かせるも、体内の熱が急速に冷え、顔からさぁっと血の気が引いていく。

ゼルニケに襲われかけたといっても、あの時は運が良く未遂で済み、ここまで肌に触れられることもなかった。

アレックスとあの男を一緒に考えるのが失礼だなんて、解っている。

端々に胡散臭い求婚や愛の告白といった不審点があっても、さっきまで触れていた手つきは優しく、嫌悪感など湧いていなかった。

それなのに、自分を力づくで長椅子に押さえ付けたゼルニケの幻影が、急にチラチラと目の前に現れたり消えたりしはじめた。

「あ……う……」

硬く目を瞑《つぶ》り、歯を食いしばって嗚咽《おえつ》を堪えようとした。

これはただの悪い記憶だ。現実じゃない。

祈るように何度も心の中で唱えるが、小刻みに全身が震えて目の端からついに涙が溢れた。

「ユリアナ？」

訝《いぶか》し気《げ》な声とともに、アレックスが手を止めた。

「だ、大丈夫……何でも……」

薄く目を開けると、戸惑ったようにこちらを眺める彼と視線があった。

「すまない。婚約披露の夜に泣かせるような真似はしないと約束したのに」

アレックスが呻き、顔を背けて素早く身を起こす。そのまま彼は薄い夏掛けの布を掴むと、ユリアナの身体にふわりとかけて覆い隠した。

「私に抱かれるのが嫌なら、遠慮せずに拒んでくれ。君に無理強いをして傷つけたくはない」

顔を背けた彼に固い声で告げられ、ユリアナは狼狽えながら上体を起こした。

「殿下……いえ、アレックス。私は、知り合ったばかりの方を愛しているなんて言えないけれど、妻の役目を果たすと約束した以上、本当に拒むつもりはなかったわ。ただ、以前に……」

つい、ゼルニケに襲われそうになったのを思い出したと言いかけ、慌てて口を閉じたけれど、遅かった。

「以前に何か、あったのか？」

振り向いたアレックスが、驚くほど険しい顔で尋ねた。

「そ、それは……」

明らかに怒気をみなぎらせた彼の雰囲気に、ガタガタと全身が震える。

だが、彼は怯え切ったユリアナの様子にすぐ気づいたようだ。軽く頭を振って怒りの気配を消し、眉を下げた。

「決して、ユリアナに怒ったわけではないんだ。腹を立てたのは、無神経で性急すぎた自分と、君に嫌な思い出を植えつけたらしい相手に対してだ」

彼はユリアナに手を伸ばしたが、触れる寸前でハッとしたように引っ込めた。

「構わなければ、理由を聞かせてくれるか？　勿論、それで私が君を嫌いになるなど、そんな事は万が一にもないと誓う」

一瞬、躊躇《ためら》いかけたけれど、真摯にこちらを見つめるアレックスを疑ったりして、これ以上傷つけたくはない。

俯《うつむ》き、ゼルニケに乱暴されかかった事件と、アレックスには触れられても最初は全然怖くなかったのに途中から急に思い出してしまったのだと、ポツポツと語った。

「そうか。怖くなったのは途中からか」

「ごめんなさい。あの男と一緒にするなんて失礼だと解っているし、そのつもりもないのに、どうしても……」

おずおずと顔をあげれば、なぜかアレックスは顔を真っ赤にし、何とも言えないソワソワと狼狽えた様子で視線を彷徨わせていた。

ユリアナが首を傾げると、彼が息を吐いてこちらを向いた。

「そんな目に遭ったのならば、心に傷を負うのはもっともだ。ただ、指一本も触れられたくないならともかく、最初は嫌だと思われなかったのなら、まだそこまで私は嫌われていないと思ってもいいのかな?」

不安そうな目をした彼を、ユリアナは驚いて見つめたが、コクリと頷いた。

「ええ。まだ貴方を全部知らないけれど、悪い人ではないと思うわ」

正直に答えると、アレックスが安心したように表情を和らげた。

「良かった。それなら、これから一緒に暮らしながらお互いをもっと知っていこう。ユリアナが無理なく私を受け入れてくれるまで、気長に待てばいい」

明るく言われ、またもや驚いて彼を凝視した。

「本当に?」

今さら甘ったれたことを言うなと、責められて当然だと思っていた。

アレックスは基本的に優しい人なのだろうが、どうも結婚に関してはかなり強引な部分があるようだから、まさか引いてくれるだなんて意外だ。

「勿論だ。ユリアナを愛しているから、泣かせたくないのは当然だろう」

優しく微笑んだ彼が、少しだけ身を寄せる。

「少しだけ……額に口づけをするだけなら良いか？」

「ええ」

それくらいならと頷けば、繊細なガラス細工でも扱うようにそっと抱きしめられた。

「おやすみ」

穏やかな声音と共に、ユリアナの額に柔らかな唇が触れる。

掠めるくらいのわずかなふれあいだったのに、ジワリと、そこから頭の芯にまで温かなものが流れ込んできたような気がした。

「……お、おやすみなさい」

額を押さえてユリアナがやっと呟くと、アレックスはさっと身を離し、心なしか妙に慌ただしく背を向けて部屋を出て行ってしまった。


(――ユリアナに無理強いして傷つけるくらいなら、我慢した方がましだ)

自室に戻ったアレックスは、寝台にぐったりと寝転んで溜息をついた。

人並みの欲求を持つ健康な成人男性として、あそこで堪えるのは非常に辛かった。

耐えると口で言いながら、一向に静まらない下半身が下衣を押し上げている姿など、ユリアナにとても見せられない。

彼女の視線を避けてそそくさと自室に戻り、滾《たぎ》った欲望を何とか己で処理したのだった。

（とにかく、二人きりの時には昔のように話してくれるよう取り付けられた。それだけでも今日は大収穫としよう）

もっとも、『昔のように』と言ったところで、ユリアナはアレックスと子どもの頃に会話をした覚えなどないと言うに決まっているけれど……。

寝台に転がったまま、アレックスは寝室の隅にあるチェストへ視線を向けた。

一番上の鍵付きの引き出しには、この十年でユリアナからもらった手紙を大切に保管してある。

ただし、手紙に記された宛名は全て『レティ・フォスナー』だ。

アレックスは親指と人差し指で、昔は金色だった自分の前髪を一房つまみ、幼い日に自分を変えた運命の出会いを思い出した。


——あの日、アレックスは非常に不貞腐《ふてくさ》れて寝室に篭っていた。

何もかも、腹立たしい。

もう十二歳なのに、病弱で発育遅れの自分はそれよりもっと年下にしか見えないのも、女の子に見えるよう髪を長く伸ばしてフリルつきの寝間着を着ているのも。

そして……病弱の身を父に疎まれた故に城を追い出され、レティという架空の娘として生きるのを父に強いられているのも、全部、全部、嫌でたまらない。

『メルヒオーレの裏切者！　どうして、私を叱ったりするんだ！』

苛立ちを込めて怒鳴り、クッションを壁に投げつけたけれど、反応する者は誰もいなかった。

老医師は既に母屋へ帰り、エマも先ほど用事で少し留守にすると言い、出かけている。

『私だけが不幸なんてあんまりじゃないか！　他にも不幸な子がいるのに安心して何が悪い！』

思い切り怒鳴ったら、途端に胸が苦しくなってきて、寝台で蹲《うずくま》りゼイゼイと酸欠に喘《あえ》いだ。

喉にいがいがしたものが詰まっているようで、上手く息が吸えない。少し興奮したり動き過ぎただけで、この身体は簡単に壊れかけ、空気の中で溺れる。すぐに高熱を出して立てなくなる。

『――民の上に立つ王族の男子が惰弱だなど、恥をしれ。病を克服せぬうちは、そなたを我が息子とは認めぬ。もしも病が治らねば、王家に無関係な者としてそのまま死ぬがいい』

アレックスを城から追い出す時、父王が冷たく言い放った言葉が胸に食い込んで苦しい。

武勇に長《た》けていた父は、病弱に生まれたアレックスを王家の恥だとし、その事実を民に知られるのを極端に恐れた。

よって、アレックスは生まれてからずっと王宮の奥で、人目を避けて監禁同然の状態で育てられたのだ。

メイドのエマと主治医のメルヒオーレは、アレックスの接する数少ない人間だった。

時おり、兄がこっそり見舞いに来たけれど、いつも具合が悪いと言って会うのを拒否した。

自分は病弱で父に疎まれているのに、健康で王太子として期待され輝かしい人生を送っている兄が、ひたすら妬《ねた》ましかったからだ。

そして二年前、アレックスを城内に隠し続けるのが難しくなってきた父は、メルヒオーレを自主退職という形で王宮を退かせ、同じく事情を知るエマもまとめて遠い療養地に追い払ったのだ。

アレックスが王子だと知られぬよう、名前も性別も偽れと厳命され、自分の全てを否定されたようで酷く傷ついた。

どうせ自分など何をやっても無駄だと全てが嫌になり、もう治療薬が飲める体重になったとメルヒオーレに促されても、意固地になって拒否をした。

『ゲホ……は、ハァ……私が、いじけているだけだと……？　仕方ないじゃないか！　どうせ私は一生不幸なんだから！』

咳をしながら悪態をつき、苦しさと悔しさで目尻に涙が浮かぶ。

ユリアナという伯爵令嬢がメルヒオーレの屋敷に来た経緯を聞き、自分以外にも不幸な子がいるなんてとても気分が良かった。不運に見舞われた不幸で可哀《かわい》そうな子に同情すると言った。

しかし、それを聞くとメルヒオーレは、初めてアレックスに対して激怒した。

『――ユリアナ様は確かに不運な事故に遭いましたが、一日も早く石化《せきか》を治そうと、常に前向きに生きております。いじけて御自分の境遇を嘆くだけの貴方が、彼女を不幸で可哀そうだと評価するなど失礼極まりない』

温和な老医師があんなに怒るなんて、想像もしなかった。

（フン。メルヒオーレもエマも、結局は私を厄介者に思っていたんだ。私を好きになるものなんてどうせいないのだし、怒られたって構うものか）

ようやく咳が治まって身を起こした時、窓の外から砂利を弾く音がした。

だが、ここに来るのはエマかメルヒオーレだけのはずなのに、二人のどちらの足音とも違う。杖を使って、ゆっくりと進んでくるような音だ。

まさかと窓を開けると、外には松葉杖をついた黒髪の少女がいて、目が合った。

可愛らしいワンピースの裾から、ギプスで覆われた重そうな右足が覗いている。

『誰?』

例のユリアナだろうが念《ねん》のために尋ねると、彼女がパッと明るい笑顔を浮かべた。

額に汗を光らせて頬を紅潮させ、陰鬱な雰囲気など欠片も見えない笑顔が、妙に勘に触った。

どうして彼女は平気で笑えるんだ。何か悪いことをしたわけでもなく、ただ散歩をしていただけで災厄に見舞われたというのに。親元を離れて、歩くのも大変になり、悲しいはずだろう?

(……私だって、好きで病を持って生まれたわけじゃない)

フツフツと、ドス黒い感情が腹の底から湧き上がってくる。

――お前は私と同じ、理不尽な不幸に襲われた身なんだ。だからお前も、私みたいに嘆くべきなのに!　笑うな!　そんなに楽しそうな顔、私はできない!

『はじめまして。私はユリアナ・フレーセ。散歩していたらここを見つけて……』

『やっぱりお前が、蛇に噛まれた間抜けか。メルヒオーレからここに来るなと言われなかった?　ま、どうでもいいけど二度と来るんじゃない』

ユリアナをそれ以上直視していられず、彼女が二度と来ないように罵って窓を閉めた。

窓越しに彼女の怒った声が響き、これでもう顔を合わせることもないとホッとした。

だが、直後に大きな物音が響き、苛立ったアレックスは窓をあけて怒鳴った。

『煩い！　さっさとどこかに……』

一体、何を騒いでいるのかと思ったが、見ればユリアナは砂利道に倒れていて、少し離れた箇所に松葉杖が転がっている。

『っ……転んだのよ。まだ足が重すぎるし、松葉杖にも慣れていないの。悪い？』

ユリアナは涙目でアレックスを睨むと、松葉杖を掴もうと、地面をずりずりと這い始めた。

片足が石化した彼女は、支えなしでは立ち上がる事もできないのだろう。小さな女の子が、地面に這いつくばって必死に前へ進もうとしている姿は、芋虫みたいで全然格好良くない。

それなのに、とても眩《まぶ》しく見えた。

（転んだのは私が怒らせたせいだと……泣いて、助けろと怒ればいいのに！　お前は、本当に苛々させる！　私は……）

もっと幼い頃は、どんな困難にあってもくじけずに立ち向かう勇者の物語が好きだった。強くて颯爽《さっそう》としている兄の凛《り》々《り》しい姿を、小さな窓から夢中で眺めた。

でも、嫌な事があるたびに心は萎縮して。怖くなって。耐えるよりも折れた方が楽だった。

現実には、兄みたいに生まれつき素質のある者だけが何でも達成できて、自分のようなものは何をやっても無駄でみっともないだけだと思うようにした。そう考え、何もしない自分を慰めた。

――牢獄《ろうごく》みたいな部屋で咳き込みながら、いつかきっと、ここじゃないどこかに行こうと決めていた。諦めないで、歩けなくなったら這いずってでも、自分の生きたい場所へ行くのだと……

私は、お前みたいになろうと思っていた！　それを思い出してしまったじゃないか！

気づけばアレックスは外に飛び出して、ユリアナが立ち上がるのに手を貸していた。

『ここのメイドは一人で、今は出かけているんだ。小さな擦り傷だから屋敷で手当してもらえ』

幸い、ユリアナの怪我は小さかったのでそう促すと、驚いたようにマジマジと眺められた。

『ええ、ありがとう。それから……さっきは意地悪なんて言って、ごめんなさい』

自分はちゃんと意地悪い気持ちで罵《ののし》ったのだから、悪い評価は当然だ。

そう返そうとしたが、途端にひゅっと喉が詰まり、言葉の代わりに咳を連発してアレックスはしゃがみこんだ。

（たった、これくらい動いただけで……）

このまま治療薬を飲まなければ、ますます発作が起きやすくなっていく。

再三にメルヒオーレからそう言われていたのに、飲んでもどうせ治りはしないと不貞腐れたのを、初めて後悔した。

『どうしたの？　メルヒオーレ先生を呼んでくる？』

いきなり苦しみ始めたアレックスに驚いたユリアナへ、やっとの思いで首を横に振った。

『いや……少し、静かにすれば……治まる……』

『そ、そうなの？　じゃあ……背中をさすったりしてもいい？』

おずおずと尋ねられ、頷くと背中に小さな手が触れた。

温かな手の感触が衣服を通して伝わり、心地よい。息が少し楽になったように感じる。

以前は発作を起こすと、エマがいつも背をさすってくれたが、近ごろは口を酸っぱくして治療薬を飲めと言う彼女が鬱陶しくなり、苦しくても一人で部屋に籠もっていた。

ユリアナは黙って優しく背を撫でてくれ、咳が収まるとアレックスは急いで彼女から離れた。

意地悪をした相手に、結局は自分が助けられたようで、気まずくてたまらない。

『私が意地悪なのは本当だから謝らなくていい。ユリアナは不運な目に遭っても私のようにいじけていないとメルヒオーレに叱られたのが悔しくて、さっきは八つ当たりをした……すまない』

彼女を見ないようにして言い、そのまま帰ろうとすると、背後から大きな声が届いた。

『それでも、本当の本当には意地悪じゃないから、私に手を貸してくれたんでしょう？　それより、私は貴女のことを何も知らないなんて不公平だわ！　名前くらい教えて！』

思わず足を止め、そのまま身じろぎもできなくなった。ドクドクと心臓が激しく鼓動する。

自分の名はアレックスだ。この国の第二王子だ。偽《いつわ》りの名前なんて、口にしたくない。

どうせもう会わないのだから無視してしまえと思うのに、そうしたくない気もする。

相反する気持ちに挟まれて悩んだ末、震える声を絞り出した。

『私は……レティ。親がメルヒオーレの知り合いでここの世話になっている商家の娘だよ』

アレックスが初めて、自分をレティと名乗った瞬間だった。

（——ユリアナに会わなければきっと、私はあのまま病死していただろうな）

アレックスは前髪を離し、ごろりと寝返りを打った。

出会った翌日に彼女が訪問してくれ、交友が始まった。初めて出来た友人にどう振る舞って良いのか解らずよく戸惑ったが、いつだって屈託なく笑いかけてくれるユリアナに救われた。アレックスが何か失敗をすれば、彼女は時に笑うけれど、蔑みの嘲笑とは全然違う。こんなのたいしたことじゃないと笑い飛ばし、元気づけてくれる。

彼女と過ごせるのなら、女の子の素振りをするのも苦痛ではなかった。

ユリアナのおかげでエマの献身にも気づくことができ、メルヒオーレを通じてずっとアレックスの身を案じてくれていた兄に対しても、素直になれるようになった。

もはや、ユリアナのいない人生など考えられない。

足が治って王都に帰る彼女を見送り、いつか必ず『アレックス』と名乗れるようになって会いに行けるよう、必死で病の完治と鍛錬に励んだ。

ほどなく治療薬と体力作りで病は無事に治り、華奢《きゃしゃ》だった身体は青年らしくなって、声変わりもした。さらには薬の副作用で髪の色素が濃くなり、金髪が栗色に変わったのだ。

もう性別を誤魔化してメルヒオーレのもとにいるのは難しくなり、彼と結婚するエマとも離れて、僻地に住む武芸の師を紹介してもらった。

そこで数年暮らしていたある日、毒草を食べた親竜を亡くし弱っていたティオを見つけたのだ。

幸いにも師が元竜騎士だったので翼竜の世話の仕方を教わることができ、回復したティオはアレックスに懐《なつ》いてよき相棒となった。

そして十七歳の時、兄が即位して城に戻ったのだが、諸事情からすぐにユリアナへ会いに行きたいのを堪えた。

兄が確かにアレックスを弟と証言しても、急に現れた王弟を不審に思う家臣は少なからずおり、また父王の治世で不当な暴利をむさぼっていた貴族は、それを諌《いさ》める兄を快く思っていない。

当時の宮廷内はかなり微妙な空気で、そこにユリアナを巻き込みたくなかった。

ユリアナにはまだ当面何も知らせないのが一番だと、彼女がレティへ宛てる手紙は、辺境宛ての住所で投函《とうかん》されても密かに王宮のアレックスへ届くよう手配した。

そうして兄を支え続けて二年も経つうちに、アレックスは竜騎士団長となり、宮廷内の不穏分子もだいぶ片付いた。

ユリアナは既に十五歳で、近く王城の夜会で社交デビューを迎える。

その夜会ではアレックスも出席し、成人となった令嬢方に祝辞を述べる役目だが、昔とはすっかり面変わりして髪色まで変わった自分がレティとは、ユリアナも気が付かないだろう。

機を見て声をかけ、全てを打ち明けて求婚しようと思っていた。

寄って来た令嬢たちから何とか逃れ、回廊の隅にいたユリアナの後ろ姿を見つけたが……

『貴方は、御自分を信頼する相手を謀《はか》って心が痛まないのですか？　親愛関係にある人へ平気で嘘をつけるなど、軽蔑します』

冷ややかな彼女の声が、氷の杭《くい》みたいにアレックスの心を刺し貫いた。

咄嗟《とっさ》に柱の陰に隠れて様子を伺うと、ユリアナは端正な容姿の貴族青年と向き合っていて、その男に今の台詞《せりふ》を言ったようだ。

どういう状況だったのかはよく解らないが、相手の男は逆上するでもなくそのまま舌打ちして去り、ユリアナも優雅にドレスを翻して別の方向へ歩いて行った。

誰もいなくなるまで、アレックスは柱の陰に隠れたまま動けなかった。

その後、どうやって宴席を上手くやり過ごして部屋に戻ったのか、よく覚えていない。

冷や汗と激しい動悸が止まらず、久しぶりに高熱を出して二日ほど寝込み、酷く落ち込んだ。

考えてみれば、自分はずっとユリアナを騙し、彼女の信頼を裏切っていた。

彼女は『レティ』を病弱な商家の娘だと信じ、何でも打ち明けられる一番の親友だと言ってくれる。『レティ』が嘘などつくはずがないと、深く信頼してくれている。

ところが本当の所、自分は初めて彼女に名乗った瞬間から、偽りだらけで接していたわけだ。

名前も性別も生い立ちも全て偽って平然と彼女に嘘をつき続け、信頼を裏切っている自覚もしていなかった。

今さら真相をうち明けて、どうしてユリアナが怒らないなどと思っていたのか……。

ユリアナに嫌われたら、きっと自分は生きていけない。

真実を告げて詫《わ》びる勇気などとてもなく、その後も『レティ』としてユリアナと手紙のやりとりをしながら夜会で彼女をそっと遠目に眺め、自分の縁談も断り続けた。

ユリアナに真実を告げて求婚する勇気はなくても、彼女以外はやはり選べなかったのだ。

しかし先日。

所用でしばらく国を離れていたアレックスは、帰国するなり、ユリアナが黒い噂のあるゼルニケと婚約したと聞いて驚愕《きょうがく》した。

急いで留守中に届いていたユリアナからの手紙を読めば、彼女は相手を愛してなどいないが家のために結婚することにしたと知り、激しく心を揺さぶられた。

自分がユリアナへの想いを断ち切れなくとも、彼女に好きな男性ができたら、涙を呑んで祝福しようと決意していた。

だが、彼女は結婚という形で身を売る決意をしたのだ。家族のために自分は愛などいらないと選択できるのなら……。

――愛のない結婚で良いのなら、そうしよう。

思わず、口に出して呟いていた。

レティが自分だなどと彼女に言わず、『面識もない王弟のアレックス』と、結婚を承諾させてしまおう。

最初は、彼女からの愛がなくてもいい。秘密は永遠に隠し、新しい二人の関係を築こう。

そしてゼルニケと一刻も早く婚約解消させるべく、私財から予算を寄付するなど捜査に全面協力したのだが、やっと犯罪証拠を掴めた時には婚約披露宴が始まっていた。

警備隊が踏み入る前にユリアナを避難させるべく、ドキドキしながら裏庭で十年ぶりに話しかけたが、やはり彼女はアレックスがレティだとは微塵も気づいていない。

本当はそのまま帰宅だけを促し、翌日にフレーセ家を訪ねて事件の説明をするとともに、昨夜ユリアナに一目惚れをしたと求婚すれば良かった。

だが、気づけばアレックスの口は勝手に動き、愛のない結婚ができるのなら、相手を自分にしてくれないかと懇願していた。

思えばあれは、自分がレティだと隠して求婚する後ろめたさを和らげたいが故の、自己弁護だ。

ユリアナは『アレックス』に対して愛情はないけれど、こちらの提示した条件に納得して結婚を了承した。

その条件を守りさえすれば、自分の求婚は不誠実ではないと、良心に言い訳をしたかった。

(――大失敗、だったな)

長い回想を打ち切り、アレックスは溜息交じりに天井を仰いだ。

熱心に結婚を迫ったのに、肝心の理由は曖昧に濁すなんて、ユリアナはさぞ胡散臭《うさん》く思っただろう。

でも、自分が『レティ』だと隠す以上は、本当の求婚理由を告げることもできない。

「これから……肝心なのは、これからだ」

もはや後戻りはできないと、己に言い聞かせる。

今はまだユリアナの態度はぎこちないけれど、アレックスを優しいと言ってくれた表情にお世辞や偽りは見えず、泣きたいほど嬉しかった。

これからも『親友レティ』としてユリアナに手紙を書き続け、『夫のアレックス』として妻になった彼女と愛を育めるように努めよう。

彼女に偽っているには違いないが、せめてもの償いに二人分の愛を注いでみせる。

目を覚ましたユリアナは、見慣れぬ部屋に一瞬まごついたものの、すぐに昨日からアレックスの住居へ移り住んだのを思い出した。

慌ただしく王宮へ引っ越しを促されたので、家からとっさに持ってこられたのは魔道書研究の愛用ノートと、レティの手紙を入れた文箱《ふばこ》くらいだ。

しかし、身一つできても婚約者を迎える準備は出来ていると言われた通り、衣裳《いしょう》部屋には普段用のドレスも大量に用意され、本当に何一つとして足りない品はない。

身支度を整え、朝食が出来ているというので部屋を出ると、向かいの部屋からアレックスが出て来た。

「ユリアナ、おはよう」

爽やかな笑顔で言われたものの、昨夜の情熱的な口づけや触れ合いを思い出してしまい、頬が熱くなる。

「おはようございます。アレックス様」

しかし、狼狽えながら挨拶を返した途端、アレックスがジト目になってプイと横を向いた。

「約束はもう忘れたのかな？」

拗《す》ねた子どもみたいに口を尖らせ、横目でこちらを見てくる。

「あっ……ごめんなさい。アレックス」

言い直すと、たちまちアレックスが満面の笑みになった。

「これから朝食だろう？」

「え、ええ」

機嫌を治したらしい彼にエスコートの腕を差し出され、思わず吹き出しそうになる。

昨日まで、アレックスを優雅な王弟殿下としか知らなかったけれど、彼は意外と色んな面を持っているようだ。

でも、イメージが変わって落胆することはなく、むしろ好ましく思う。

ユリアナの手を取り、アレックスは上機嫌といった様子で歩き出す。

「朝食は健康のもとだと、子どもの頃の侍医によく言われていたが、一人の食卓は味気なくてね。今日からはユリアナが一緒だと思うと嬉しくてたまらない」

「侍医とは、もしかしてメルヒオーレ先生かしら？」

石化治療をしていた頃、メルヒオーレが口癖みたいにそう言っていたのを思い出し、尋ねた。

考えてみれば、アレックスの少年時代が定かでなかろうと、王族には違いないのだ。王宮殿医だったメルヒオーレと接していても不思議ではない。

「正解。ユリアナもメルヒオーレを知っているそうだな」

「子どもの頃、石化魔法の呪毒を持った蛇に噛まれて、メルヒオーレ先生の隠居先で治療して頂いたの」

「それは大変だ。彼の魔法薬は効き目抜群だが、魔力が強すぎて、子どもにはいささか辛い味になるだろう？　当人もあの味は拷問だと自覚して、口直しにココアを用意してくれるからまだ救われるが」

おどけた様子でアレックスが肩を竦めた。

「今もココアを見るたびに、メルヒオーレ先生のことを思い出すわ」

クスクス笑いながら相槌《あいづち》を打ち、ユリアナは懐かしい老医師の顔を脳裏に描く。

人好きのする老医師とは、レティほど頻繁とはいかないけれど、今も季節の挨拶の手紙などをやりとりしている。

アレックスも未だにやりとりをしていて、メルヒオーレがユリアナを知っていると聞いたのだろうか。

「そういえば、あそこでお世話になっていた時……」

一瞬、アレックスとそっくりの目の色をしている親友とはメルヒオーレの所で出会ったのだと、ユリアナは言いかけた寸前で口を閉じた。

ユリアナも最初は彼女の存在を知らされなかったように、自分のことは余り人に知られたくないので、出来る限り口外しないでくれと、レティから別れ際に頼まれた。

子どもの身で手紙のやりとりをする以上、親には文通相手について説明する必要があったが、両親も隠れ住むようにしていたレティの状況を聞き、ワケありと察したのだろう。

『それぞれお家の事情があるのだから、その子のご家族などについては詮索しないであげなさい。

ユリアナにとって良い親友なら、私達もそれでいい』

そう言って文通を許してくれたので、今まで両親の他には誰にもレティの名を言っていない。

せいぜい、仲の良い素敵な文通相手の女の子がいるとか、それくらいだ。

「あそこで、どうかしたのか？」

アレックスに尋ねられて一瞬迷ったけれど、他のことを口にする。

「……私が魔導書に興味を持ったのは、メルヒオーレ先生にお話を聞いたのがきっかけなの」

「ああ、それも聞いている。石化魔法にかかったのは災難だったと思うが、何が出会いのきっかけになるかは解らないものだな」

アレックスは屈託なく笑い、それから食堂まで話題はメルヒオーレに関するもので続いた。

でも、アレックスは、老医師が引退後に遅い結婚をしたのも知っていたのに、その妻であるエマがレティ付きのメイドだった事や、馴《な》れ初《そ》めについては何一つ口にしない。

勿論、レティについても一切何も言わないから、彼女については知らない可能性が高い。

レティについて余計なことは言わないに限ると、ユリアナは胸中で頷いた。

朝食が済むと、アレックスは竜騎士団へ行き、ユリアナはさっそく魔導書研究室へと向かった。

魔導書研究室は離宮に近い棟にあり、城に不慣れな身でも一人で迷わずたどり着ける。

「本日付で魔導書研究室入りの許可をされました、ユリアナ・フレーセと申します。入室しても宜しいでしょうか？」

細かな彫刻の施された扉を叩いて名乗ると、中から「少々お待ちください！」という、男性の声と共に、何やらバタバタと物音が聞こえた。

扉の前で待ちながら、ユリアナはドキドキと不安に鼓動する胸を押さえる。

現在の所、魔導書研究室には十数名の学者が在籍している。

国王陛下の許可を頂いているとはいえ、女性であるユリアナが自分たちの中へいきなり割り入るのを、快く思わない人がいても不思議ではない。

（最初は素っ気ない対応をされても、めげないわよ！　オルリス教授だって長く付き合ったら、私が本気で学びたいと理解してくださったもの！）

小柄ながっしりした体格で、灰色の太いもじゃもじゃ眉が特徴的だった亡き師――オルリス教授の顔が脳裏に浮かんだ。

――十年前。ユリアナは石化治療を終えて自宅に戻るとすぐに両親を説き伏せ、メルヒオーレから紹介されたオルリス教授に弟子入りを願ったのだ。

オルリス教授は魔導書研究の権威とされるほど高名な学者で、一時は城の研究室にも入っていたが、前王とそりがあわず早々に引退し、人付き合いも極力避けてひっそり暮らしていた。

ユリアナが紹介状を持って訪ねていくと、彼は面食らい、最初は迷惑そうだった。

『あ～……ユリアナ君。貴族のお嬢さんがこんなものを勉強しても、将来に役立てられるどころか、人とは違う変わり者呼ばわりされるだけだ。一体なぜ、魔導書研究を学びたいんだね？』

『こんなに楽しくて、もっと知りたいと思ったお勉強は他になかったからです。それに、変わっているのが悪いと思いません。誰だって、どこかしら人と違うものでしょう?

辛辣な問いかけにきっぱりと答えたら、オルリス教授は目を丸くして『そうだな』と笑った。

そして、ユリアナがメルヒオーレの所で解いた練習用の写本を見て一応の素質はあるようだと認め、他の勉強を疎《おろそ》かにして親に迷惑をかけないという条件で弟子にしてくれた。

オルリスのもとで本格的に学び始めた魔導書研究に、ユリアナはいっそう夢中となった。

数年後にはオルリスもユリアナを一人前と認めてくれ、彼の研究していたものに協力してほしいと頼まれた時は、涙が出るくらい嬉しかったものだ。

教授はフレーセ家が没落する少し前に惜しまれつつ世を去ったが、ユリアナにとって生涯忘れ得ぬ大切な師である。

亡き恩師の思い出を心の支えに、緊張で足が震えそうになるのを堪えていると、扉が開いた。

「ようこそ、妹弟子殿！」

ポカンとしているユリアナに、研究員の男性たちが笑顔で盛大な拍手を送っていた。

「い、妹弟子……?」

事態が呑みこめずにいると、品の良い初老の男性が一歩進み出てきた。首元には、オルリス教授の家にも記念に飾ってあった、室長用のタイピンを着けている。

「私が現在の室長を務めております。ユリアナ様のお話は、生前のオルリス教授よりたびたび聞いておりました。貴女が熱心で才能もあることや、最初は相手が少女だからと軽んじ差別していた自分を恥ずかしく思うと」

「オルリス先生が、そのように……」

「実の所、教授は以前から貴女をここへ推薦したがっていましたが、貴族女性の入室は前例がありませんからね。将来、貴女の縁談などに響いてしまったらと躊躇《ためら》っていたのです。婚約なさった王弟殿下の推薦ならば理想的だと、天国で祝福しているでしょう」

柔和な笑みを深めた室長に握手を求められ、感激いっぱいでユリアナはその手を握りしめた。

オルリスはあくまでも魔導書研究を個人的に教えただけで、ユリアナの将来について何か言うなどは一度もしなかった。でも、貴族令嬢という立場も踏まえて深く考えてくれていたのだ。

「在籍している学者は、全て教授の教え子です。噂の妹弟子がくると聞き、一同楽しみにしていました」

室長の言葉に、皆がいっせいに頷く。

オルリス教授は偏屈で頑固な部分もあったが、とても面倒見がよく教えも解り易《やす》い、まさに理想の教師だった。

だからこそ、こうして引退後も多くの後任に慕われ、ユリアナも受け入れてもらえたのだろう。

全員と握手を交わして自己紹介を終えた所で、室長が中を案内してくれることになった。

古書の匂いが漂う部屋は、大部分が書棚や机に占領されているが、整理整頓がきちんとなされているせいか、狭苦しく雑多な印象はない。

「これが全部、原本ですか？」

規則正しく並んだ大型書棚の列に納められた、数百冊はあろうかという魔導書を前に、ユリアナは驚きと感激を隠せなかった。

「そうです。ご存じでしょうが、古代の魔法使いたちは魔導書造りに熱中していましたからな。内容は重複していても原本は揃える価値があるので予算の許す限り買い求めています。ラベルで区分していますので、本を戻す場所は間違えないようお願いします」

室長が、書棚と本に貼られたラベルを手で示した。

「はい。十分に注意します」

興奮にはやる心を押さえ、ユリアナは神妙に答えた。

「原本は全て持ち出し禁止なので、閲覧はここでお願いします。この机は自由にお使いください。それから……」

室長は、綺麗に磨かれた机の一つにユリアナを案内し、立ち並んだ書棚の奥を示す。

「一番奥にある鍵付きの書棚は、危険度の高い魔導書を収めたものです。どうしても必要な場合にだけ閲覧許可となりますが、取り出しには所定の手続きをとってください」

「承知いたしました。ありがとうございます」

ユリアナが丁重に礼を言うと、室長はにこやかに一礼して自分の席に戻った。

興味深そうにチラチラこちらを見ていた他の学者達も、それぞれの作業に戻り、ユリアナはまず魔導書の棚をじっくりと眺めることにした。

一番手前の棚には、初期回復魔法とラベルの張られた魔導書が二十冊近くも入っているが、背表紙に書かれた文字はどれもまるで違う言語や数字の羅列だ。

共通しているのは、赤や青の小さな宝石のように見える魔晶石で、これは魔導書を経年劣化や湿気、炎といったあらゆるものから守る効果がある。

この魔晶石があるからこそ、魔導書の原本は朽ちることなく後世まで遺《のこ》されたのだ。

奥の暗がりにチラリと目を向けると、他の木造りの書棚よりも一回り小さい、金属製でガラス扉のついた書棚が置いてあった。

ガラス扉は大きな錠前つきで、耐衝撃と耐火の呪符が透明な部分を覆い隠すくらいの勢いで大量に張り付けられている。

あれは高価な中身を火事や衝撃から守るというより、その中身が不用意に外へ流出して周囲に被害を及ぼすのを防ぐためだろう。

先ほど室長も言っていたように、古代の魔法使いは魔導書を作ることに異常な熱意を持っていたようだ。だからこそ魔導書はどれも解読が難しく、大抵は分厚いくせに重要なのは中のほんの一部分というような、宝探しのごとく凝った造りになっている。

しかし、隠しページを作ったり、暗号を難解にしたりするなどの方向に熱意をかけてくれるならばまだ良いが、どんな時代にも性悪な者はいるらしい。

開いた瞬間に命を落とす呪いをかけてあるとか、解読した瞬間に石化魔法が発動して全身石化してしまうとか、本の形をした悪意の塊も存在する。

厳重に封印された本棚から、目に見えぬ恐ろしい空気が立ち昇ってくるような気がして、ユリアナは急いで解読済みの書棚へと視線を戻した。

現在でも使われている魔法を勉強するだけなら、解読された魔導書から必要な部分だけ書き写したもので学べばいい。

だが、魔導書を解読して今は忘れられてしまった古の魔法を復活させるには、魔法そのものよりも、魔導書やそれを書いた魔法使いについて学ぶ必要がある。

高名な魔法使いは、当時の文明でも広く影響を与え、その弟子が作った魔導書もまるで同じとはいかなくともどこか影響を受けて似通った部分が出てくる。

解読済みの魔導書を何冊も集めてさらに研究することで、新たな魔導書を解読しやすくなるだけでなく、危険な魔法のかけられた魔導書を見抜く目も養われた。

悪質な魔導書は時に犯罪にも使われるので、それを慎重に回収して封印するのにも、魔導書研究は役に立っているのだ。


ユリアナは魔導書研究室で充実した時間を過ごし、昼近くに離宮への帰路についた。

本音を言えば、何日でもあそこに籠もっていたいくらい名残惜しかったが、結婚式の準備は最優先となる。午後は、仕立屋と婚礼衣装の打ち合わせをする予定だ。

今日は天気が良く、ユリアナは離宮に繋がる小道を歩きだした。

レンガを敷いた小道の両側には綺麗に刈り込まれた芝生が広がり、手入れされた花壇や大小の庭木が目を楽しませてくれる。

(魔導書研究室は、想像していたより遥かに凄かったわ! 室長さん達も皆、感じの良い方ばか

りだったし、これからもあそこに通えるなんて最高に幸せね）

まだ興奮が冷めきらず、ユリアナは軽やかな足取りで歩いていたが、ふと何か小さなものがコツンと後頭部にぶつかった。

「あら？」

見れば足元に、指先ほどの小さな木の実が落ちている。綺麗な赤い木の実は、硬くて鳥の餌くらいにしかならないけれど、庭に彩を添えるのに好んでよく植えられるものだ。

「どこから落ちて来たのかしら？」

不思議に思い、足を止めてぐるりと回りを見渡した。

この実が生《な》る木は近くに何本か植わっているが、ユリアナの頭上まで枝を伸ばしてはいない。

首をかしげていると、今度は背中にコツンと軽い音をたてて、同じ木の実がぶつかった。

よく見れば風もないのに、すぐ近くにあるこんもりと葉の茂った灌木《かんぼく》が僅かに揺れている。

「……鳥が落としでもしたのね、きっと」

ユリアナは何気ない調子で木の実を拾い上げ、揺れている灌木には気づかぬ素振りのまま背を向けると、こっそり口元を緩ませた。

昨日、一緒に遊んだ住み込み使用人の子ども達が、悪ふざけでもしているのだろう。

歩き出すと見せかけ、背後で何か動いた気配を察知した瞬間、素早く振り向いた。

「見つけたわよ！」

だが、灌木の影に隠れている悪戯っこに木の実を投げ返そうとしたが、そこからぬっと現れたのは、長い首を持つ巨体の翼竜だった。

「きゃあああ！」

予想もしなかった巨大な竜が間近にいきなり現れ、思わず大きな悲鳴をあげると、向こうも驚いたらしい。

「キュイイッ」

群青の鱗をした翼竜は、甲高い鳴き声を放ってバサバサと翼をはためかせた。

「ひっ！」

飛び掛かられるのではと、反射的に後ろに下がろうとしてよろめいた時、背後から誰かがしっかりとユリアナを抱きとめた。

「ユリアナ！　大丈夫か？」

唐突に現れたアレックスに、ユリアナは混乱しながらも頷く。

「え、ええ……少し、驚いただけで……」

「怪我がないなら良かった」

アレックスは息を吐くと、ジロリとティオを睨んだ。

「ティオ。すぐに出てきてユリアナに謝るんだ。悪戯も度が過ぎると本気で怒るぞ。・・・・・マリスフィード・に悪い子の仲間にしようと目をつけられても、知らないからな」

「キュウウ……」

叱られたティオはしょんぼりと長い首をうなだれさせながらも、並んだ灌木をガサガサ揺らして素直に出て来た。

人間を軽々と背に乗せられる大きな翼竜が、よくもまぁあの灌木の列に上手く身を潜められていたものだと、妙な所に感心してしまう。

「すまない。昨日、ティオはまだ子どもっぽくて悪戯好きだと少し話しただろう？　ここまで驚かせる気はなかったのだろうが、私がきちんと叱るから、許してやってくれないか？」

「キュイ」

頭を掻いて説明するアレックスの傍らで、ティオが小さく鳴いてペコリと頭を下げた。

隠れているのは小さな子どもとばかり思い込んでいたから、予想外の出現者に驚いて悲鳴をあげてしまったが、改めて間近で見るとティオは円《つぶ》らな瞳の可愛い顔立ちをしていた。

ユリアナは微笑み、自分も謝罪の意を込めてお辞儀をした。

「驚いたけれど怒ってはいないわ。私も大声を出したりしてあなたを驚かせてしまったのだから、ごめんなさい」

人間同士ならここで握手の一つもするところだろうが、前足と後ろ足で大地を踏みしめている翼竜の場合はどうしたら良いのだろう？

握手の手を伸ばしかけたところで一瞬考えこんでしまったが、ティオは可愛らしく鳴きながらユリアナの手をフンフンと少し嗅ぎ、すぐに額をスリスリと擦りつけてきた。

「これがあなた流の握手なのね」

陽を反射して綺麗に輝く群青の鱗は、固いけれど意外にも人肌のように温かく、ずっと触って

いたいほど滑らかで気持ちいい。

「驚いたな、ユリアナが翼竜に慣れているとは知らなかった」

心地よさそうに目を細めるティオの額をうっとりと撫でていると、アレックスが呟いた。

「いいえ。遠目に見たことならあるけれど、間近で触れるのは初めてよ」

「そうか……いや、初対面で翼竜を怖がらずに触れる女性は珍しいからな。男だって、ユリアナみたいに対等に会話をして接するのは、竜騎士以外は滅多《めった》にいなくてね」

「そうなの？　身体は大きくても、とても可愛くて賢そうな顔をしているのに……」

首を傾げてティオを眺めると、円らな瞳にじっと見つめ返され、可愛らしさに口元が綻ぶ。

「やっぱり、とても可愛いわ」

自信を持って断言すると、ティオが得意そうに「キュッ！」と鳴いた。

ひとしきりユリアナにじゃれると顔をあげ、アレックスに何か話しかけるように鳴く。

「ティオは、何と言っているのかしら？」

翼竜はこちらの言葉を理解するようだが、ユリアナはティオの言葉が全然解らない。

「私も正確には解らないが、とにかくユリアナを気にいったようだな」

アレックスが言い、ティオの目を覗き込んだ。

「昨日から妙に落ち着かないと思ったら、ユリアナがどんな人間か気になって仕方なかったんだな？　それで悪戯をしかけにいったと」

「キュウ……」

ティオは気まずくなったのだろうか。さっと目を逸らし、ユリアナにスリスリと頭をこすりつけ、懇願するみたいにキュウキュウ鳴き出した。

「こら! ユリアナを味方につけようとするなんてずるいぞ!」

「ええと……でも、ティオはアレックスが大好きだから、知らない私が一緒に馬車に乗っていたりしたのが気になったんじゃないかしら? 私も、ティオと仲良くなる機会が出来て嬉しいわ」

「そうか。良かったな、ティオ」

アレックスが微笑んだ時、遠くから誰かがティオを大声で呼ぶ声がした。

「ロビー、ここだ!」

アレックスが軽く背伸びをして、声のした方角へ大きくへ手を振った。

ユリアナも背伸びをして遠くを見れば、見習い騎士の衣服を着た少年が走ってくる。

「団長、お手数をかけまして申し訳ございません!」

素晴らしい俊足で駆けてきた少年は、元気の良い声を張り上げてアレックスに敬礼した。

まだ十四、五歳といったところだろうか。頬にそばかすの目立つ、いかにも元気溌溂《はつらつ》といった雰囲気の彼は、ユリアナを見ると慌てて敬礼した。

アレックスが、少年を手で示す。

「ユリアナ。彼は翼竜の世話をしてくれている、見習いのロビーだ」

「初めまして、ユリアナ様。竜騎士団の見習いを務めております。翼竜宿舎の見学でしたら、いつでもご案内をさせて頂きます」

ロビーは片膝をついて恭《うやうや》しく貴婦人に対する礼をとった。

アレックスとティオのような例外はともかくとして、竜騎士になりたいと希望する者は、まず竜騎士団へ見習いとして入り、数年ほど翼竜の世話をするそうだ。

間近で複数の翼竜と触れ合うことにより、その習性をよく知ることができるし、同族の匂いが身体にしみ込んで野生の翼竜から警戒されにくくなる利点があるらしい。

また、普通の騎士の場合は貴族の縁者でなくてはいけないが、個人の資質を問われる竜騎士の場合はその限りではない。

本人のやる気と翼竜に好かれる才覚さえあれば、出自も年齢も問われず、誰でも見習いに応募できるのだという。

「初めまして。ティオとも仲良くなれたから、今度宿舎も見学させて頂きたいわ」

ユリアナが挨拶を返すと、ロビーは丁寧にお辞儀をしてからティオに向き直り、ちょっと頬を膨らませた。

「ティオ。昼食が用意できたのにちっともこないから、団長も心配して随分探したんだぞ」

「ここに隠れて、ユリアナに悪戯をする機会を窺っていたんだ」

アレックスが言い、二人から非難の目を向けられると、ティオはさっと顔を背けて飛び立った。

「あ、逃げちゃいましたね」

「大丈夫だ。あの様子なら、どうせ何食わぬ顔で飯を食べている。後はいつも通りに世話をしてやってくれ」

アレックスが苦笑してロビーの肩を軽く叩いた。

「はい！」

ロビーが元気よく駆けて行くと、アレックスがユリアナの方へ向き直った。

「そういえば、午前は魔導書研究室に行くと言っていたが、どうだった？」

「それが……あの……」

口元がだらしなくニヤケてしまいそうになり、ユリアナは両手で覆う。

研究室にいた時は、天国にいるように夢見心地でふわふわした気分だったが、改めて鮮烈な感激を実感する。

今、魔導書研究室の素晴らしさを喋《しゃべ》り出したら止まらなくなりそうだ。

だが、プルプル身を震わせて、溢れんばかりの喜びをまくしたてたいのを必死で堪えていたら、アレックスの顔色がさっと変わった。

「どうかしたのか？　まさかとは思うが、苛《いじ》められたんじゃ……」

血相を変えて詰め寄られ、ユリアナは驚いて首を大きく横に振る。

「そんなことは絶対にないわ！　皆さんは優しくて、研究室も本当に素晴らしかったの！　まさかこうして夢が叶うなんて……私、わたし……本当に、生きていて良かった！」

胸に熱いものがこみ上げ、無意識に彼の両手を握りしめた。

「オルリス教授は、私のことを室長様達にも話してくれていたそうだけれど、あそこに入れたのはアレックスのおかげよ。何度お礼を言っても足りないわ」

「そう言ってくれるのは嬉しいが、私の意見だけで魔導書研究員をやたらに増やすことは出来ない。推薦が通ったのはユリアナの実力があってこそだから、胸を張って良い」

アレックスが微笑み、そこでユリアナはやっと自分が彼の手を熱烈に握っていたのに気づいた。

「あっ！　ご、ごめんなさい！」

急いで手を離すと、アレックスが苦笑した。

「別に、幾らでも握ってくれて構わないのだが」

「それは……あ！　ところで、さっき思いついた事があるの。私の父が騙された事件について、詳細は知っているかしら？」

狼狽えつつ、話題を変えた。

「聞いている。有益な取引をしたはずだったのに、帰宅したら契約書はガラクタに全財産を支払う内容に変わっていて、相手の行方は解らず、立派な屋敷だと思っていた取引場所も、空き家を勝手に使われていたのだろう？」

「ええ。でも、父と一緒にいた護衛はそれぞれ、その時の記憶が全然違うそうなのよ」

「どういう意味だ？」

首を傾げたアレックスに、ユリアナは事件のあらましを簡単に説明した。

詐欺に遭った時、指定された街外れの屋敷で取引を終えた父は、確かに自分の手で購入した高価な古い宝飾品の数々を箱に入れ、家に着くまで肌身離さず抱えていたそうだ。

だが、帰宅してから包みを開けると、中身は安物の装飾品に変わっていて、契約書もそれを買い取るために、領地から家屋敷まで全財産を売却した内容になっていた。

しかも、父は護衛を傍らに携え、品の良い中年の男性と商談をしていた記憶が確かにあるのに、護衛の男はまるで違うと語った。

彼は昔から仕えている真面目な男で、嘘など吐くとは思えない。でも、取引相手は優しそうな老婦人で、自分は隣室に待機するよう指示されて美人メイドとお喋りしていたと言い張るのだ。

「なるほど。二人とも夢や幻覚でも見ていたような話だ」

「ええ。ただ、幻覚の魔法薬は相手に注射をしなくてはいけないし、父も護衛も特に体調を崩したりもしていなかったの」

「そうか……先に眠り薬でもしかけて幻覚魔法薬を注射されたという可能性もなさそうだな」

アレックスが顎に手をやり、思案気に呟いた。

凄腕《すごうで》の魔法使いなら、幻覚の魔法薬を注射した相手へ、思い通りのリアルな夢をみせられる。

だが、幻覚の魔法薬は毒性が強く、打たれた相手の健康を著しく損なう。よって、死期の近い人に最期の良い夢を見せるくらいにしか使われない。

幻覚魔法を悪用しての詐欺と明らかならば取引は無効にできるが、健康な成人でもあの魔法薬を打たれれば一週間はまともに歩けないので、父と護衛の様子からそうとは言い切れなかった。

役所に事情を訴えて取引相手を調べてもらおうにも、相手はとうに姿をくらましていて、家屋敷や領地の売買書類に関しても転売されていたので、父は破産の窮地に立たされたのだった。

「でも……どうしてもあれは、幻覚魔法を悪用されたようにしか思えないのよ」

相手にされないかもしれないと思いつつ、ユリアナは自分の考えを述べた。

「今の世に伝わっている魔法は大昔のほんの一部でしかなく、まだ発見されていない魔導書はまだ無数にあるわ。生活を豊かにする魔法を書き記したものだけじゃなく、マリスフィードの魔導書みたいな恐ろしいものも……」

その名を口にすると、反射的にゾワリと寒気が走った。

先ほど、アレックスがティオを叱った時に出た『マリスフィード』と言うのは、古代の魔法文明の時代に実在した魔女だ。

詳しい生い立ちは不明だが、並外れた魔力とそれを使いこなす才覚に恵まれ、また残虐極まりない性格の持ち主から、災厄の大魔女とその名を轟《とどろ》かせていたのは確かだ。

非常に享楽的で好戦的な彼女は、至る所で魔法を振るって暴れ回った末、当時のあらゆる国に追われながらも最後まで捕まらなかった。死体も発見されないで、生死不明とされている。

故に、彼女は不死の魔法を完成させて今も生きているとか、肉体は死んだが幽鬼となって彷徨《さまよ》っているとか、多数の憶測がなされ、マリスフィードを題材にした怪談芝居や創作物語は多い。

魔導書研究の盛んな国なら、特に魔法に携わる者でなくとも彼女の名は知っている。

『悪い事をすると、マリスフィードが仲間にしようと掴まえにくるよ』と、子どもの頃に叱られた経験が、誰だって一度くらいはあるものだ。

「つまり、誰かが密かにマリスフィードの魔導書を手に入れ、解読したそれを悪用していると？」

「勿論、確実とは言い切れないけれど……魔法の天才で悪意の塊だったマリスフィードは、魔法を改悪するのが大好きだったらしいの。私が昔にかかった石化の呪いも、彼女の作った悪意だわ」

本来の石化魔法は、加工の楽な柔らかい粘土を強度の高い石にする建築用魔法だったが、マリスフィードはその魔法から、生物だけを石化させる強烈な恐ろしい魔法を作り出した。

また、彼女は忌まわしい魔法を記した魔導書を大量に作って各地にばらまいたが、それらは破いたり燃やそうとしたりすれば即座に死の呪いが降りかかる。

古代の魔法使いですら破棄できず、彼女の伝説と悪意は残り続けたのだ。

「確かに、それも踏まえて考える価値はありそうだな。私の方でも調べてみよう。似たような被害者が他にもいるなら、何か情報が得られるかもしれない」

アレックスが頷いてくれ、ユリアナは胸に歓喜がこみ上げる。

実は、父が騙された直後にユリアナは役所へ赴き、今と同じ内容を訴えたのだ。

でも役所の責任者は、魔導書を道楽で学んだだけのお嬢さんが憶測でものを言っても対応できないと、少しも耳を貸してくれなかった。

憶測に過ぎないのは事実なので引き下がったが、魔導書研究室で封印されていた危険魔導書の棚や、オルリス教授のもとで学んだマリスフィードの記録を思い出したら、もう一度訴えずにはいられなかった。

あの災厄の魔女なら、そうした魔法を作って後世に残しているかもしれないと。

「あ……ありがとう……」

涙ぐんで礼を言うと、アレックスは微笑んだ……が、急に溜《た》め息《いき》をついた。

「ユリアナが魔導書研究室で上手くやっていけるのは結構だが、私も早く親睦を深めたいのにと、妬《や》いてしまいそうだ。書類も山積みで、今日も夕食は一緒にできそうにない」

「えーと、それは……」

どう答えようかと考えているうちに、ふとある事に思い当たった。

昨夜、以前から愛しているなんて急に言われて混乱したけれど、あれが彼の本音という証拠はない。ユリアナの両親に求婚の説明をする時も、顔色一つかえず見事に嘘をついた。

ゼルニケ邸で求婚を迫った時の勢いといい、彼がこの結婚になりふり構わず必死なのは確かだし、抱く気が満々だったなら跡継ぎも必要だという意味だ。

でも、ユリアナは昨夜、口づけされただけで狼狽え、なぜお飾りの自分を抱くのだと明らかに態度で示してしまった。

だからアレックスは後継ぎのためにも、今はユリアナを愛していると言って警戒を解かそうと、計画を少し変更したのかもしれない。

魔導書研究というアレックス以外で夢中になれるものがあるユリアナなら、少しくらい恋人ごっこをしてもそこまで溺れず、本当の想い人に嫉妬もしないだろうと。

平気で嘘を吐かれたり、曖昧な態度をとられるのは、正直言って好きではない。

でも彼は、土壇場で夫婦の営みに怖気づいたユリアナに怒ったり、無理に抱こうともしなかった。まずはお互いを知り、ユリアナが自分を受け入れるまで気長に待つと言ってくれた。

それは素直に嬉しくて、自分も早く緊張を解いて彼を受け入れたいと思う。

「アレックスが良ければ、帰宅を待って夕食を一緒にしてくれるよう、厨房《ちゅうぼう》に伝えましょうか？」

思い切って提案してみた。

ここの料理は確かにどれも美味しいけれど、今朝アレックスも口にしていたように、一人きりでとる食事は、やはり少々侘《わび》しい。

食事の支度をする離宮の使用人達も、事前にアレックスの要望だと伝えておけば、少し時間を後にずらすくらいしてくれるだろう。

「ユリアナ……」

アレックスが目を丸くしてこちらをまじまじと見つめたかと思うと、彼が両腕をユリアナの背に回して力一杯に抱きしめられた。

「げほっ！　く、苦し……！」

息が止まるのではないかと思う程の力強い締め付けに、たまらず咳き込んで悲鳴をあげると、慌てて離してくれた。

「す、すまなかった！　まさかそんな申し出をしてくれるなど、嬉しすぎて、つい……」

背中をさするアレックスが気まずそうに眉を下げた。

「気持ちは嬉しいが、溜《た》まっている仕事が片付くまでだから、夕食を一緒にするのは辛抱する。それで……代わりと言ってはなんだが、今夜も部屋を訪ねていいだろうか？」

「え……」

ギクリと顔を強張らせてしまった。

アレックスを優しい人だとは思うけれど、抱かれるのだと思ったら、やはりまだ割り切れないようだ。襲われた時の恐怖が瞬時に蘇り、身が竦む。

「ああ、心配しないでくれ！　勿論、無理に抱きはしないし、眠くなったら気にせず寝てしまっていてもいい。ただ、今朝も短いながらとても楽しくお喋りができたから、これからも少しでも君と話す時間を作りたくて……」

アレックスが慌てて両手を振った。

（そ、そういうことだったの……）

途端に安堵が押し寄せ、ユリアナはホッと息を吐きつつも己の早合点に赤面した。

やはり彼は、抱かれるのに怖じけづくユリアナにまず警戒を解かせようと考えてくれているらしい。

「私も、アレックスとお話しできる時間があれば嬉しいわ。お仕事が大変ならば、無理はしないでほしいけれど……」

そう告げると、途端に彼が顔を輝かせた。

「ありがとう」

真っ直ぐにこちらを見つめる彼は、このうえなく幸せそうな笑みを浮かべていて、ユリアナの心臓が不思議に甘く疼く。

その時、王宮の時計台から正午を告げる鐘がなった。

「もうこんな時間！」

侍女に、遅くても正午までには離宮に戻ると言ったのだ。

「離宮まで送って行こう」

送ると言っても目的地はすぐそこなのだが、アレックスがそう言って手を差し出すので、大人しくエスコートされることにした。

離宮にはほんの数分で付き、アレックスは侍女に、ティオの悪戯でユリアナは帰りが少し遅れたのだと説明してくれた。

「では、また後で……愛している」

アレックスはユリアナの耳元で小さく囁き、素早く竜騎士団の詰め所に戻っていったが、その声は耳の奥にいつまでも残って消えずにいた。

第三章　近づく心

（最初はどうなることかと思ったけれど、意外と何とかなるものね）

天井画の美しい城の回廊を歩きながら、ユリアナは胸中で呟いた。

アレックスの婚約者となり、既に一ヵ月となる。

彼を狙っていた貴族令嬢は勿論、娘を王弟の妻にしたかった重臣や奥方も、突然に決まった婚約に最初は大騒ぎをしていた。

しかもユリアナは、元婚約者が逮捕された翌日に、別の男と婚約を交わしたわけだ。普通なら、もっと非難されたり嫌がらせを受けたりしてもおかしくはないが、特にそうしたものはない。

婚約者が逮捕されたら王弟を誘惑してまんまと婚約した、薄情でしたたかな女……と、せいぜい陰口を少し叩かれているくらいだ。

これは婚約して早々に王妃が、主だった重臣の奥方や令嬢を集めて茶会を開き、ユリアナを庇《かば》う姿勢を見せてくれたのが大きいと思う。

『ユリアナ嬢は魔導書研究室の永久名誉会員であるオルリス教授の愛弟子《まなでし》として、女性で初の魔導書研究員となりました。彼女のように理知的な女性がアレックス卿《きょう》の妻となるのを、陛下はたいそうお喜びになっております。勿論、わたくしも彼女を歓迎しますわ』

にこやかに微笑んだ王妃は、祖国に居た頃は王女の地位にありながら勇猛な女性騎士として名を馳《は》せ、学問にも秀でた才女として有名である。

ベルネトスに嫁いでからは剣を持つこともなく、目立って政治に口を挟むこともしないが、国王は自分の妻を『最愛の女性かつ、最高の相談相手』と、その英知を賞賛している。

そんな王妃が魔導書研究室入りを賞賛してみせた以上、これまでのようにユリアナを魔導書研究の件で嘲笑したりすれば、王妃にたてつくことになる。

虎の威を借りたようで少々情けないが、王弟の妻が女性社会で軽んじられては王家の威信にも関わる。王妃も無暗にえこひいきしたわけではない。

おかげで平穏な日々を送れていることを感謝し、社交面でアレックスの妻として恥じぬ振る舞いを心掛けるのが一番だ。

元から王家の結婚式というのは大掛かりなものだが、ベルント陛下は婚約披露が簡素だった分、弟の結婚式を盛大に行いたいと大張り切りしていた。

大聖堂での厳かな挙式から市街地パレードに王宮晩餐会《ばんさんかい》に舞踏会と、幾つも催しが追加され、大幅に膨らんだ結婚式の予定表を見た時には軽く眩暈《めまい》がしたくらいだ。

ユリアナは朝から続いた式典の打ち合わせを終え、本殿の図書室に寄ってから帰るつもりだ。

（ええと、魔法犯罪目録集と……）

頭の中で、借りる予定の本を確認する。

魔導書研究室の皆も、フレーセ家を破産寸前に陥れた事件の詳細を聞くと興味を示し、世間に知られていない新手の魔法を使われた可能性が高いと言ってくれた。

国内で発掘された魔導書は全て、まず魔導書研究室に提出して検査することが法律で決められている。

マリスフィードを始めとした悪辣な魔法使いが作った危険な魔導書であれば、即座に奥の棚へ封印され、そうでなければ持ち主に戻されて、大抵は競売《きょうばい》にかけられる。

それからオークション会場で、魔導書研究室も民間のコレクターと正々堂々と競り合うのだ。

危険な魔導書が没収されて封印棚行きとなっても、持ち込んだ者には国から相応の報奨金が支払われるので損にはならない。

逆に、勝手な売り買いは重罪が課されるのだが、コレクション目的や解読しての悪用目的など、危険指定の魔道書を密かに手に入れようとする者はどうしても出た。

魔導書の密売がなかったかなど調べ、一日も早く事件が解明できるよう協力すると申し出てくれた研究室の皆に、深く感謝した。

婚礼準備が予想以上に忙しくなってしまい、研究室にもなかなか顔を出せないでいるが、何か自分でもできる事をやりたい。

城の図書室には魔導書こそないが、法律や魔法を使った犯罪例の記録書が豊富にあり、しかもこちらは殆どが貸出し可能である。

そこで、過去の魔法を使った事件を色々と調べれば、今回の被害者の救済に少しでも役立つ情報を見つけられるかもしれないと考えた。

（絶対に、お父様を騙した相手を突き止めてやるわ！）

勢いあまってつい、鼻息が荒くなってしまいそうになるが、ここは大勢の貴族の行きかう城の本殿なので、辛うじて堪える。

ユリアナが住まう離宮も美しい建物だが、城の本殿はまた荘厳な雰囲気を醸し出し、ただ回廊を歩くだけでも自然と背筋が伸びて厳粛な気持ちになる。

回廊の窓から見える空はよく晴れていて、非番らしい数匹の翼竜が気持ち良さそうに高い所を飛んでいるのが見えた。

その中へ、竜騎士を背に乗せた群青の翼竜が、一際力強く優美に飛びあがっていった。

（あ……アレックスと、ティオだわ）

眩しい陽射しに目を細め、ユリアナは自然と口元が綻ぶのを感じた。

翼竜の能力は個体差がかなりあるとはいえ、馬車では考えられぬ速度で、また長距離を飛べる。

普段の竜騎士の仕事は、主に王都やその周辺の上空を飛び、火事や土砂崩れなどの災害を早く発見したり、盗賊などの怪しい集団がいないか見回ることだ。

竜騎士を束ねる立場の団長は、他の業務が多いために警備飛行は免除されている。

だが、甘えたがりのティオはアレックスが書類仕事ばかりしていると拗ねてしてしまうので、時おり時間を作って警備飛行に出るそうだ。

（あんなに可愛いティオに拗ねられたら、おねだりも聞いてあげたくなるわよね）

ティオが自分の寝床の隅で、巨体を丸めて拗ねていた姿を思い出し、笑みがこぼれそうになる。

悪戯事件の後、ユリアナは何度か翼竜宿舎を訪ねて、翼竜達とすっかり仲良くなった。

翼竜は晴れた日には外に出るのを好むが、雨だと濡れるのを嫌って宿舎にいる。

どの翼竜も、見た目こそ迫力はあるけれど、ティオと同じように円らな可愛い目をしており、先日に会った竜騎士見習いのロビーが、親切に一頭一頭を紹介してくれた。

竜騎士の見習いはやる気さえあれば誰でも志願できるけれど、身体が大きく気難しい翼竜の世話は大変で、大抵の者は一年ともたずに辞《や》めてしまう。

現在の竜騎士見習いはロビー一人だけだというからさぞ大変だろうが、綺麗な藁《わら》が敷かれた翼竜の宿舎は申し分ない清潔さが保たれ、彼の熱心な仕事ぶりが伺えた。

翼竜達もそんな見習いにとても親愛を示しており、特にティオはアレックスが城にいなかったり忙しかったりする時は、ロビーに甘えまくるそうだ。

そんな微笑ましい事を思い出していると、背後から甲高い声が聞えた。

「ねぇ、アレックス様よ！」

「素敵！」

そっと見れば、華やかに着飾った二人の令嬢が、ティオと飛んでいくアレックスを眺めてはしゃいでいる。

だが、次の瞬間に彼女たちはユリアナに気づき、さっと張り付けたような愛想笑いを浮かべた。

「ごきげんよう、ユリアナ様」

「本日は良い天気ですね」

ユリアナも精一杯に愛想よくなるよう気を付けて、彼女達へ会釈を返した。

「ごきげんよう。エミリー様にロレーヌ様」

二人とも重臣の父親を持つ名家の令嬢で、先日まで夢中でアレックスを追い回していた。

同時に、ユリアナと夜会で何度かあった時には、

『カビだらけの古本にかじりついて魔導書憑き令嬢なんて呼ばれる人がいるらしいけれど、信じられないわね。私なら恥ずかしくてとても夜会になど出られないわ』などと、聞こえよがしに揶揄していたものである。

しかし、王妃が開いた例の茶会があってからは、掌《てのひら》を返したように愛想笑いを向けてくる。

「ユリアナ様、宜しければご一緒に散策などをなさいませんか？」

エミリーが、以前ならば絶対に向けなかった甘ったるい猫撫《ねこな》で声《ごえ》をかけてきた。

でも、特に腹は立たない。必要ならば内心嫌いな相手でも平然と愛想よく接するのは、貴族社会で必要な技巧だ。

「お誘いありがとうございます。ですが生憎《あいにく》と急ぎの用がありまして……申し訳ありませんが、またの機会にご一緒させてください」

ユリアナもそういう『技巧』は一応身に着けているから、角が立たないように精一杯気を遣ってにこやかに断った。

「まぁ、残念ですが、それではまた今度ぜひ」

彼女達もにこやかに答え、互いにお辞儀をしてユリアナは踵を返す。

背後に感じるエミリー達の剣呑な視線を無視し、図書室へ向かった。


夜になって湯浴みを終えたユリアナは、寝衣の上に薄い上着をはおり、私室で借りて来た本を読んでいた。

難しい法律用語が多用されている堅苦しい本に眠気を誘われ、欠伸《あくび》をして時計に目を走らせる。

時計の針は、真夜中とまではいかないがそれなりに遅い時刻を指していた。

（……もう少しだけ、待ちましょう）

胸中で呟いた時、扉が規則正しくノックされた。

「ユリアナ。私だが……起きているか？」

遠慮がちな小声に、ユリアナは顔を輝かせて長椅子から飛びあがる。

「どうぞ！」

いそいそと扉をあけ、アレックスを招き入れた。

「今日は遅くなったから、もう眠ってしまったかと思った」

「もう少し遅ければ、アレックスよりも枕に会いたいと、寝室に行ってしまったかもしれないわ」

彼と二人だけの時は、こうして気楽な口調で接するのにも慣れてきた。

ユリアナが冗談めかして言うと、アレックスも外で見せるどこか取り澄ました優雅な微笑みでなく、砕けた雰囲気の笑顔で軍服の襟を摘まんだ。

「危ない所だったな。着替える間を惜しんで急いだ甲斐《かい》があった」

アレックスが堅苦しい上着を脱ぐ間に、ユリアナは保温ポットに用意しておいたハーブティーを二人分のティーカップに注ぎ、長椅子前のテーブルに置く。

(以前の私がこの光景を見たら、目を疑うでしょうね)

婚約の翌日から、アレックスは毎晩かかさずここへ来る。

そうは言っても話をするだけだと言った通り、私室でお茶を飲みながら、その日にあったことなど他愛《たあい》ないお喋りを楽しむだけだ。

あまり世間に知られていないが、アレックスの一番の趣味は読書だという。

それも古典や難しい本だけでなく、ユリアナが好きな古代魔法文明を想像して書いた娯楽小説なども一通り読んでいる。

最初は少々ギクシャクしながら彼を迎えていたユリアナだが、彼とは驚くほど話が合うのが判明し、気負いなく接するのにも慣れてきた。

身分の関係ない親しい友人みたいにお喋りしていると、時おり、まるで本当に昔から親しい間柄だったような錯覚に陥りかける。

アレックスは今、細かな仕事が溜まってかなり忙しいそうで、帰りが今夜くらい遅くなることもままある。

それでも彼とほんの少しでもお喋りを楽しみたくて、毎晩こうして待つようになってしまったのだから、この短期間で我ながら信じられない変化だ。

「昼間、本殿の図書室へ行く途中で、アレックスがティオと飛んでいるのが見えたわ」

長椅子に並んで腰を下ろすと、ユリアナは早速切り出した。

高い所は苦手なので、自分もティオの背に乗って大空を飛んでみたいとは思わない。

でも、花盛りの野原が色とりどりの絨毯のようになっている春の景色や、冬に見下ろす一面の真っ白な雪の世界をアレックスに語ってもらうのは大好きになった。

彼は普通に話し上手だが、ティオと飛んでいる時のことを話す時は、特に生き生きとしている。

その景色がまざまざと目の前に広がっているように想像でき、いつもうっとりと聞き入ってしまう。

「ああ。ここ数日は余裕がなくて飛べなかったから、ティオが拗ねて限界だとロビーに訴えられて少しだけ出た。幾ら忙しかったとはいえ、書類をあまり溜めこむものではないな」

アレックスが苦笑して頭を掻き、長椅子の端に寄せた数冊の本に目を止めた。本日、ユリアナが図書室から借りて来た魔法犯罪に関する本だ。

「御父上の件について、調べものか?」

「ええ。でも、あまり参考にならなかったわ」

溜息交じりに首を横に振ると、アレックスが「そういえば……」と呟いた。

「少し前から行方不明になっている遺跡探査団が、失踪する寸前に、特別な魔導書を発掘したと話していたらしい。ただ、その探査団のリーダーと最後に会った酒場の娘によれば、珍しく相当に酔っていて、その魔導書は生きて自由に喋るなどと言っていたそうだ」

「生きて、自由に喋る魔導書？」

ユリアナが思わず尋ね返すと、アレックスが肩を竦めた。

「信じられないだろう？　酒場の娘も酔っ払いの戯言だと思って、彼らが行方不明と聞くまで、その話を忘れていたそうだ」

「私も……申し訳ないけれど、さすがに信じがたいわ」

国内外で発掘された数多くの魔導書について見聞きしたけれど、さすがに生きている魔導書なんて聞いた事もない。

あのマリスフィードでさえ、無機物に命を吹き込むのは単純命令を聞くゴーレムが限界だったそうで、癇癪《かんしゃく》を起した彼女が作ったゴーレムで街を一つ破壊したなんて記録がある。

「とにかく、今回の件については陛下も本格的に調査を進めている。気を落とさないでくれ」

「ありがとう」

少しだけ気が楽になり、ユリアナは微笑んだ。

被害に遭ったのはユリアナの父が最初だが、同様の被害に遭った人が他にもいるそうだ。

取引場所はまちまちだが、やはり空き家などが立派な屋敷に見え、同席していた者と取引相手や室内が違って見えたと言うのは一緒だった。

魔法を使った詐欺という証拠もないうえに、不審な取引相手は失踪して不動産権利は転売されているので、国王が無理に介入して取引を無効にするのも難しい。

しかし魔導書研究室から、未発見の魔法を悪用した犯罪の可能性があると、緊急で訴えを出してもらえたので、取引を無効にはできずとも保留にはできた。

屋敷や領地など、例の取引相手に転売されたものは一定期間無理に取られることは無く、期限内に犯罪であると証明できれば、正式に取引は破棄となる。

各被害者の屋敷や土地を転売で買い上げた男も、どうも後ろ暗い所があるようで、そちらも調査中だという。

（私だけでは役所に訴えても相手にしてもらえなかったもの。アレックスや室長様達が協力してくださったおかげね）

ユリアナが胸中で改めて感謝していると、アレックスが急にソワソワした調子で咳払いをした。

「ところで、急だが明日は初夏祭りへ行かないか？」

「え……」

「ユリアナは市井《しせい》には気軽に出かけていたと言うから、初夏祭りにも行った事があるのではと思ったんだ。君が良ければ一緒に行きたいから、何とか今日までに溜まった仕事を片付けた。陛下にもお忍びでの外出許可をとってある」

そろそろ日差しも強まってくるこの季節、王都では毎年、賑やかな初夏祭り開かれる。

広場に多数の屋台が組み立てられ、旅芸人が集まって眩しい陽射しの下で飲み物を楽しみながらはしゃぎ、太陽の恵みに感謝をするのだ。

ユリアナは幼い頃からこの活気ある祭りが大好きで、石化治療の為に王都を離れていた年を除けば、毎年かかさず家族と初夏祭りに出かけた。

普段は忙しい父も、この祭りには必ず休みをとってくれた。皆で的当てに興じたり、屋台の食べ物へ豪快にかぶりついたりと、楽しい思い出は限りない。

(嬉しいけれど、でも……)

呆然としていると、アレックスが不安そうに顔を曇らせた。

「急に話して驚かせようと、勝手に決めて準備してしまったからな。無理強いするつもりはない。気が進まなければ遠慮なく断ってくれ」

「初夏祭りは大好きだもの。もちろん行きたいわ。ただ、アレックスがそう言ってくれるとは意外で……貴方こそ、私に気を遣って無理をしていない？」

初夏祭りは庶民階級のお祭りなので、国の行事とはみなされず、貴族の特別席などもない。そのため、気楽に楽しむ貴族もいるが、下賤《げせん》なものとみなす貴族もいた。

特に、位の高い貴族になるほど、初夏祭りを庶民の乱痴気騒《らんちきさわ》ぎと蔑みがちだ。

アレックスは今まで初夏祭りについて何も言わず、ユリアナも王弟の婚約者となった身で初夏祭りに行くのは周囲に印象が良くないだろうと、あえてその話題は避けていた。

ユリアナが行きたいのを我慢しているなどと、優しい彼に勘づかれて気を遣わせたりしたくなかったのだ。

するとと、アレックスが笑って首を横に振った。

「お忍びで出かければ騒がれることもないし、他人がどう言おうと、ユリアナが楽しめるものなら一緒に行きたい。実のところ、私も初夏祭りに以前から興味はあったが、今までなかなか行ける機会に恵まれなかったんだ」

「そ、そうなの？」

「女性にエスコートをさせるのは騎士の名折れかもしれないが、ユリアナが初夏祭りに詳しいのなら、見どころなどを教えてくれると有難い」

軽く肩を竦めて、彼は苦笑した。

「それなら喜んで案内するわ。お城の夜会じゃないんだから、エスコートだの騎士だの気にしないで楽しまなくちゃ！」

歓喜が沸き上がり、ユリアナは拳を振り上げんばかりに力いっぱい主張した。

「頼もしいな。では、明日はお言葉に甘えさせてもらうとしよう」

彼が怜悧な顔立ちに屈託のない笑みを浮かべると、凛々しいながら可愛らしくも見える。

アレックスはユリアナと毎晩に親しく会話をするようになっても、自分の子どもの頃の話は全く話さない。

ただ、赤ん坊竜のティオを見つけたのは、剣の訓練を受けて鍛錬に駆け回っていた時だったとは聞いた。

翼竜が住むのは相当に辺鄙《へんぴ》で人の少ない場所だから、恐らく彼は子供の頃に何かしらの事情で王城から出され、辺境ですごしていたのだと思われる。

栗色の髪をした幼いアレックスが、自然の中で元気に遊んでいる姿を想像すると微笑ましい。

それに、子ども時代は王都を離れていたなら、初夏祭りに行く機会がなかったのも頷ける。

(ずっと興味があったなら、期待も大きいに決まっているもの！　明日は、最高の一日だったと思ってもらえるようにしなければ！)

早くも頭の中で、アレックスが楽しめそうな祭りの見物プランを練り始める。

「明日の朝食を済ませたら、目立たない衣服に着替えて出かけよう」

彼がニコリと微笑むと立ち上がって上着をとり、ユリアナの頬へ手を伸ばした。

「遅くまですまなかった」

彼の手が繊細なガラス細工でも触れるかのようにユリアナの頬を撫で、心臓がドキドキと激しく鼓動し始める。

自分でも、どうしようもなく頬が熱くなるのを止められず、彼を直視できずに視線を彷徨わせてしまう。

「あ、あの……私も、明日が楽しみで…………お休みなさい」

先ほどまで気負いなく話せていたというのに、急にアレックスが男性でいずれ身体を繋げるのだと妙に生々しく意識してしまい、蚊の鳴くような声を絞り出すのが精一杯だ。

この一ヵ月で毎晩同じことをしているのに、この時だけは慣れるどころか段々と動悸が激しくなり、狼狽《うろた》え方も酷くなっていく気がする。

(こ、困ったわ……だって、この後……)

「おやすみ。ユリアナ、愛している」

やはり今夜も、アレックスは耳の奥が蕩《とろ》けそうな甘い声で囁き、硬直しているユリアナの額に軽く唇を押し付ける。これも毎晩の恒例だ。

そして、そのままあっさりと身を離し、部屋を出ていった。


扉を閉めたアレックスは、息を詰めたままツカツカと急ぎ足で自室に戻り、長椅子のクッションにバフンと顔を埋める。

「くく……ふふふ……」

押し殺した笑いをクッションの隙間から微かに零し、歓喜に拳を握りしめた。

(我ながら、今夜は完璧だった！　実に自然な流れでユリアナをデートに誘えたぞ！)

昔からユリアナ以外目に入らなかったアレックスが、女性とのあれこれや逢引《あいび》きの経験など、あるはずもない。

初夜の時だって事前に教本を熟読し、何食わぬ顔で同僚から聞きだした体験談の知識で必死に予習し、平然と慣れている雰囲気を出すのがどれほど大変だったか……。

とはいえ、ユリアナが途中で怖気づいたのに我慢しようとしていることを、寸での所で気づけたのは本当に良かった。

確信ともいえる予感がある。

もしもあそこで彼女を強引に抱いていたら、ユリアナはアレックスの従順な妻にはなってくれても、今のように気負いなく話すような間柄にはなってくれなかっただろうと……。

一ヵ月前が嘘のように、ユリアナは二人きりの時はアレックスに心を許すようになってくれた。アレックスは元々ユリアナと気が合っていたのだし、彼女の好みもよく知っているのだから、会話が弾むのは当然と言えば当然だろう。

話す際に『レティ』が知っているけれど『アレックス』は聞いていない事柄を口にしないよう、慎重により分けなければいけないが、ボロを出さないよう頑張っている。

そろそろ次の進展が欲しくなり、女性をデートに誘うコツや注意事項を各所で勉強した結果、初夏祭りに誘うのが一番だと結論づけた。

ユリアナがメルヒオーレの所で治療を受けている最中、ここも楽しいけれど今年は初夏祭りに行けないのが残念だと零していたのは、よく覚えていた。

王都にいた時も城から一歩も出なかったアレックスは、その時まで初夏祭りの存在すらも知らなかった。

ユリアナからとても楽しいと聞かされ、いつか彼女と行きたいと思った。

だから、成人して王都に戻ってからは自由に外出できるようになったのに、初夏祭りだけは行く気になれなかった。ユリアナと一緒でなければ行く意味を見出《みいだ》せなかったのだ。

欲を言えば、初めてのデートなのだから精一杯に恰好《かっこう》つけて彼女をエスコートしたいところだったが、初夏祭りを選んだ以上はどう考えてもユリアナの方が詳しい。

それに『お城の夜会じゃないんだから、エスコートだの騎士だの気にしないで楽しまなくちゃ！』と笑顔で言いきってくれたユリアナに、改めて惚れ直した。

初めての友人への接し方が解らずギクシャクしていたアレックスの緊張を明るく笑い飛ばしてくれた幼い頃と、彼女は何も変わらない。

初恋で、最愛の人だ。

楽しい明日の外出を想像し、アレックスは気の済むまでクッションに顔を埋めてニヤケることにした。


一方。アレックスが扉を閉めた瞬間、ユリアナはドクドクと激しく脈打つ心臓を衣服の上から両手で抑えて溜息をついた。

アレックスとの気楽なお喋りは、本当に寛《くつろ》げて楽しい。

でも、帰り際に『愛している』と言って額に口づけをされるのには、未だに慣れなくて、毎回心臓が壊れそうな程にドキドキしてしまう。

（これでは、床入りに備えて慣れるどころか、寝台に入っただけで緊張して動けなくなりそう）

そう思う反面、彼が素早く身を離して出て行ってしまえば、何とも言えない寂しさと不安も感じるようになってきた。

もしかしたら自分は、アレックスに親愛だけでなく恋心も抱き始めたのかもしれない。

これほど良くしてくれるアレックスから、毎晩真摯に愛していると告げられるうちに、ユリアナの心はグラグラと自分に都合よく傾き始めている。

彼に秘密の想い人がいるなんて噂に過ぎない。その噂について、アレックスは否定こそしなかったが、肯定もしなかったそうではないか。

ゼルニケ邸で求婚された時だって、彼が挙動不審に見えたのは、単に緊張していたとか……。

そんな都合の良い期待を抱きつつ、どうしても面と向かって彼に尋ねる気になれない。

以前は、アレックスの言動に疑問を抱いても深く追求しなかったのは、彼にも何か言いたくない事情があるのではという遠慮からだった。

(……でも、今は違うわ)

アレックスの行動や言動を、納得いくまで追求できないのは、自分の望む以外の答えが返ってくるのが怖くなったからだ。

自分はアレックスを異性として愛しているのかもはっきり解らないくせに、彼から『愛している』と毎晩言われて、すっかりその気になりかけている。

もやもやした想いを抱えて寝室に移動し、柔らかな寝台にポフンと倒れ込んだ。

(とにかく今夜はもうしっかりと睡眠をとって、明日の初夏祭りを万全に楽しめるように備えましょう。アレックスとお忍びで市街地に出かけるなんて、初めて……)

そこまで考えたところで、ふと気づいてガバッと身を起こした。

(待って。男の人と二人きりで外出だなんて……もしかして、これは……デート?)

一気に眠気が吹き飛んだ。

咄嗟に身を起こし、狼狽えながらあわあわと無意味に枕を抱きしめる。

何しろ、ゼルニケと婚約していた時だって結婚準備の為の他、必要以上に会ったりはしなかったから、家族以外の男性と二人きり出かけた経験などない。

(で、でも、お忍びで遊びに行くと言っていたもの。婚約者同士としての正式な外出でもないのだから、そんなに気負う事も……)

毎晩、部屋でお喋りするのと同じように考えれば良いと思うのに、一度意識してしまうとなかなか割り切れない。

アレックスは明日の外出をデートと考えて誘ってくれたのか、それとも単にお祭りを楽しもうというだけか……考えても仕方ない疑問が次々と頭の中に浮かんでくる。

結局、ユリアナはロクに眠れないまま、朝を迎えてしまった。

燦燦《さんさん》と太陽が輝く青空の下。まだ午前中の早い時間だというのに、初夏祭りは今年も大いに賑わっていた。

市街地にはたくさんの屋台と露店が並び、異国の民芸品に安物のアクセサリーから子どもの玩具《おもちゃ》、多種多様な飲食物と、ありとあらゆる品が売られている。

食べ物の焼ける良い香りが、人々の笑い声やざわめきと交じり、祭りの独特の高揚感を生み出していた。

「想像以上の賑やかさだな」

庶民らしい簡素な衣服着て、さらに帽子と伊達《だて》メガネで変装したアレックスが、キョロキョロと物珍しそうに辺りを見渡す。

彼の隣を歩くユリアナも、紺色のリボンが飾りに着いた白いワンピースを着て、流行中のボンネット型の帽子をすっぽり被った姿だ。

幸い、ユリアナもアレックスもよくある名前なので、特に気にせず呼び合える。

それでもさすがに『アレックス様』と呼んで改まった口調で接していたら、誰かに聞きとがめられるかもしれないから、彼と砕けた口調で接するのに慣れておいて助かった。

(良い天気。これなら今日は楽しめそうね。寝不足も吹き飛んじゃったわ)

昨夜、緊張から寝つけなかったせいで、起き抜けの顔色は驚くほどに最悪だったのだ。

眠くて頭もぼーっとしていたが、アレックスも楽しみにしている外出を、自分のせいで台無しになどしたくない。

冷水と温水に浸したタオルを交互に顔へ当てて必死に血行を促し、いつもより少し濃い目に白粉《おしろい》をはたいて、酷い顔色はひとまず何とかなった。

そしてお忍び用にとメイドが持ってきてくれたワンピースに着替え、アレックスと裏口でお忍び用の目立たない馬車へ乗り込むうち、興奮に胸が高鳴ってきた。

考えてみれば、この一ヵ月というもの城の敷地から一歩も出ていない。

久しぶりの外出は、予想以上に気分を高揚させてくれたようだ。

市街地の一角で馬車から降りる頃には、すっかり目も覚めた。祭り一色の街並みにワクワクして歩き、石畳の広場に着くと、いっそう胸が歓喜に沸く。

(お父様達も、今日はミシェルを連れて初夏祭りに来ているのかしら？)

ユリアナはちょっと背伸びをしてキョロキョロと辺りを見渡したが、両親や弟らしき姿は見えない。

こう人が多くては、顔見知りと偶然に出会える確率など低いものだ。

諦めて小さく息を吐くと、急にアレックスがユリアナの肩を抱き寄せた。

「やけに熱心だが、誰か探しているのか？」

普段とは違う、微かに艶のある声が耳の奥に注ぎ込まれ、ズクリと身体の芯が疼いた。

初夜に寝台で聞いたものとよく似た声音に、衣服を通して肌を直接触れられているような錯覚に陥る。

「あの、少し……」

ドギマギしていると、アレックスが軽く眉を顰め、ユリアナの耳元に唇を寄せた。

「気になる男性でもいたのか？　せっかく二人きりで出かけているのに、ユリアナの目を他に奪われるなんて、あまり愉快ではないな」

今度は少し苛立《いらだ》たし気《げ》な声で囁かれたセリフに、驚いて目を見開いた。

「そんな！　私の両親と弟も毎年この祭りに来ているから、近くにいるかもしれないと探していただけよ」

　すると、アレックスがキョトンと目を見開いた。

「家族……？　そ、それだけだったのか」

「そうよ」

　きっぱりと言いながら、妙に悲しくなった。

　確かに自分は、ゼルニケと婚約していながらアレックスの誘いに乗り、彼に鞍替えした。あの直後なら、簡単に男を乗り換えるしたたかな女と思われても仕方ない。

　でも、この一ヵ月というもの毎晩、彼と沢山語らって互いのことをよく知った。少なくとも、ユリアナは以前よりもずっとアレックスについて理解した。

　人には優しいけれど自身に対しては厳しいとか、何でも簡単にこなすように見えて陰でとても努力しているとか、意外にも少し寂しがりな所があるとか……。

　彼の過去については知らなくても、今の彼を知り、麗しい外見や華々しい功績の評判だけ見聞きしていた頃よりもずっと素敵な人だと思った。

　だから少々、自惚《うぬぼ》れていたようだ。

　アレックスも、ユリアナが理由もなしに婚約破棄の誘いに同意したり、すぐに見目の良い男性に心を惹かれたりはしないと、理解してくれているものだと思いこんでいた。

「私にはアレックスがいるのに、他の男性に見惚れたりしないわ」

　魔導書憑き令嬢とか、どうでもいい相手からの小さな侮辱や揶揄には慣れっこで眉一つ動かなかったのに、アレックスに軽薄なように言われたら意外なほどに堪《こた》えた。

涙が滲《にじ》みそうになるのを堪えて呟くと、アレックスが急に背を向け、その場にしゃがみこんでしまった。

「えっ、どうしたの？　具合でも悪いの？」

「いや。その……嬉しくて……」

「嬉しい？」

首を傾げると、彼は立ち上がってユリアナの両手を握りしめた。

「感じの悪い物言いをして、本当にすまなかった」

気まずそうに言った彼は、ユリアナと同じくらい耳元まで赤面している。

「ユリアナに私だけを見てほしいのは確かだが、行き過ぎた勘違いをして恥ずかしい。子どもの頃の、すぐ我が侭《まま》で身勝手になる癖を散々に治そうと努めてきたが、まだ自制が足りなかったようだ」

真っ直ぐにユリアナを見つめる彼の謝罪には、紛れもなく真摯な響きが感じ取られた。

「もう気にしていないわ。私こそ、いきなり上の空で人探しなんてしてごめんなさい」

ユリアナの両手を固く握り占めているアレックスを、通りかかる人が時おり眺めては、揶揄《からか》いの口笛を吹く。

照れくさいうえに、このままでは無駄に人目を引いてお忍びがバレてしまいかねない。

「それより、ほらっ！　あれを見て！」

慌てて手を引き、ユリアナは広場の中央に備え付けられた回転木馬のテントを指さした。

「私も弟も回転木馬が大好きで、初夏祭りはまずあれに乗るのが、我が家の恒例だったの」

大きな円形の床とテント型の屋根がゆっくり回転する中に、棒で固定されたカラフルな木馬が上下にゆっくり動いている。

回転木馬は魔晶石を動力にしているそうで、旅芸人の一座が毎年この初夏祭りに合わせて持ち込み、見事な手並みで組み立てる。そして祭りが終われば解体し、次の都市に行くのだ。

回転木馬の料金は決して安くはないが、それでもこの珍しい遊具は毎年大盛況だ。既に続々と人の列が長くなっていて、係員が懸命に誘導している。

「あれが回転木馬か。聞いた事はあるが、見るのは初めてだ」

途端にアレックスの目がまた輝き、ワクワクと声が弾みはじめる。すっかり気を取り直したようだ。

「本物の馬とはまるで別物だれど、子どもだけでなく大人もけっこう楽しんでいるわ。アレックスも体験してみない？」

「勿論！　あの列に並ぶんだな？」

アレックスがはしゃいだ声をあげ、ユリアナの手をとった。

普段、城でされている優雅なエスコートではなく、ごく自然につないだ手を彼に引かれる。

（な、なんだか、これ……ドキドキする……）

列の最後尾についた頃には、ユリアナの心臓は激しく動悸していたけれど、それは決して走ったせいだけではなかった。

「急に、走ってしまったが、大丈夫だったか?」

胸を押さえて深呼吸しているユリアナに、アレックスが気づかわし気な声をかけてきた。

「平気よ。少し驚いただけ」

心配そうに顔を覗き込まれたら、いっそうドキドキが激しくなったので、さりげなく身を離す。

広場には奇抜な装いをした芸人が客寄せに闊歩《かつぽ》し、軽快な呼び声を響かせている。

長い行列に小一時間は並ぶことになったが、そうした芸人を遠目に眺めてアレックスと楽しくお喋りしていれば、全く退屈なんかしなかった。

気づけば順番が来て、係員に促されてユリアナとアレックスは隣り合った木馬に乗る。

ユリアナの木馬は可愛らしいピンクに塗られたもので、アレックスのは空色だった。

「まさかここで、ユリアナの乗馬姿を見られるとはな」

アレックスは興味深そうに木馬を指で撫でてから、ユリアナの方を向いて微笑んだ。

「私が乗れる馬は、これが精一杯よ」

両手でしっかりと棒に掴まり、ユリアナは苦笑する。

父も母も乗馬は大好きで、たまに領地へ行くといつも遠駆けを楽しんでいた。

でも、弟だってごく小さな頃から両親の鞍に一緒に乗せてもらうと大喜びだったのに、ユリアナはどうもあの疾走感が苦手だった。

一緒に乗せてもらうだけでも怖くてたまらなかったから、代わりにメイドと綺麗な花を摘みに行き、押し花を作ってレティに手紙を書きながら、家族の帰りを待っていた。

それでも、このゆったりと動く木馬ならユリアナも平気で、両親と弟と一緒に乗ると、ようやく自分も仲間入りできた気分で嬉しかった。

「それぞれ自分に合った楽しみ方でいいんじゃないかな。ご両親だって自分達が乗馬を好きでも、ユリアナに無理強いはしなかったのだろう？」

「ええ……そうね」

ユリアナは頷いたものの、微かに引っかかりを覚えた。

アレックスに、自分は乗馬がまるでできないと話した覚えはあるが、両親が乗馬好きだったことまで話しただろうか？　どうも覚えがない。

（どうして知って……あ、そうか。きっとお父様から聞いたのね）

融資の件などで、アレックスは父と二人で何度かあっている。その際、少しくらい雑談もしたはずだ。

納得した時、緩やかなオルゴールの音色と共に回転木馬が動き出した。

アレックスは本当の乗馬どころか遥かに高度だという翼竜まで乗りこなしているのだが、天井や床の動きを興味深そうに眺めたり、他の客に習ってこちらを見ている周囲の人へ手を振ったり、なかなか楽しそうだ。

いつも怖くて両手で棒を握りしめていたが、思い切って片手を少しだけ離して手を振ってみる。するると、目のあった小さな子が、両手を大きく振り返してくれた。

「わぁっ」

たったそれだけでも感激して、思わず小声で歓声をあげてしまった。

ふと視線を感じて反対をむくと、ニコニコしているアレックスと目があった。

今の歓声をあげてはしゃいだ所まで見られたかと、恥ずかしくなったけれど、彼は特にそこには触れずにこやかに自分の木馬を撫でる。

「ユリアナのお勧めだけあって最高だな。こんなに楽しい経験は生まれて初めてだ」

「気に入ってもらえたなら良かったわ」

もう何度も乗っていて、その度に楽しいと思っているが、今年はアレックスが一緒のせいか、とりわけ楽しい気がする。

やがて曲が終わって木馬が止まると、アレックスは優美な仕草でユリアナがステップを降りるのに手を貸してくれた。

だが、木馬を降りても彼はしっかりと手を繋《つな》ぎ合《あ》わせたまま、近くの屋台を示した。

「次は、さっきから目についていたアレを買いに行きたいんだが」

若い男女が大勢並んでいるその屋台では、安価な革紐《かわひも》の手編みブレスレットを売っていた。

様々な色に染めた細い革糸に、安物の石を加工したビーズを編みこんだブレスレットは、元は小さな異国の民芸品だったらしい。

それが隊商を通じてここへ持ち込まれ、最近若い恋人の間では揃いの手編みブレスレットを着けるのが大流行していると、自宅にいた頃にメイドから聞いた覚えがある。

「アレックス……あのブレスレットが、どういうものか知っているの？」

恋人でお揃いのものを買うのが大流行とまで、アレックスが知っているかは疑問だ。ひょっとして、単なる市井のお洒落《しゃれ》小物だと思い、興味を持った可能性もある。

「市井の恋人に大流行中のブレスレットだろう？　祭りの屋台でも売っているかもしれないと思ったが、やはりあったな」

――知っていた！　しかも、最初から買う気満々だった！

非常にご満悦といった風にうんうんと頷いていたアレックスを唖然《あぜん》と眺めていると、彼がふと眉を下げた。

「ユリアナは、私と揃いのブレスレットを身に着けるのは嫌か？」

「えっ、嫌なわけはないけれど……恋人とお揃いなんて聞くと、なんだか照れくさいというか……そういう経験はまるで無かったから……」

しどろもどろに言い募ると、アレックスが再び満面の笑みとなった。

「だったら、私が初めての相手ということで、尚更《なおさら》にけっこうなことだ。……これからもユリアナの男性付き合いに関する初めての経験は、全て誰にも譲る気はないが」

後半は密やかに艶《つや》めいた声で囁かれ、ユリアナの頬が一気に熱くなる。

「アレックス！　こんな所で揶揄《からか》わないで」

「揶揄いではなく、本気だ。それに、周りは祭りで浮かれている恋人たちでいっぱいだぞ。私達も真似て振舞ったほうが自然で、目立ちにくいじゃないか」

ほら、とアレックスが視線で示した先では、ブレスレットを購入した男女がお互いの身に結んであげ、幸せそうに頬を染めている。

（そ、そうね……せっかくお忍びで久しぶりの外出をして、お祭りに来ているんだもの）

甘い恋人同士のようなやりとりに照れてしまうが、お祭りという非日常の雰囲気に、いつになく大胆な気分になる。

アレックスとブレスレットの屋台に並び、何十種類と並んだ商品を吟味して、ちょうど二人とも気に入ったデザインを購入した。

ユリアナの髪色と同じ黒い革紐と、アレックスの瞳に似た勿忘草色の革ひもを組み合わせ、小さな鉱石のビーズを幾つか編みこんである細身のブレスレットだ。

ビーズの石は、不純物が多く装飾品には使えない、いわゆる屑《くず》石を簡単に研磨したものだったけれど、それなりに綺麗で色の組み合わせもセンスがいい。

貴族が身に着ける上品な宝飾品とは、また違った味がある。

ブレスレットは、細い三つ編みにした紐の両端を結わえてつけるものだった。

片手で自分の手首に結び付けるのは難しく、購入した恋人たちは、その場でお互いの手首にブレスレットを結んであげている。

アレックスがユリナアの手をとり、当然といった調子でブレスレットを結び付けた。ユリアナも緊張しながら、差し出された彼の手首にブレスレットを巻き、革紐の端をしっかりと結ぶ。

「ユリアナと初めてのお揃いか。私の宝物が一つ増えたぞ」

嬉しそうにブレスレット付きの手首を見せたアレックスに、ユリアナもつられて笑顔になり、同じものをつけた自分の手首を眺めた。

「やっぱり少し照れくさいけれど、こういうのも意外と楽しいわね」

カフスや指輪など、意中の相手と揃いの宝飾品を身に着けるのは貴族の間でもよく好まれているが、自分でやってみたら思いのほかに胸が高鳴った。

でも、誰と揃いの品をつけても、同じように感じるとは思えない。

（アレックスだから……）

彼と揃いの品だからこそ、安価なブレスレットが宝石のブローチよりも嬉しく感じる。

互いに自然と手を繋ぎ、まだ始まったばかりの初夏祭りに、弾んだ足取りで歩き出した。

祭りの主な会場は広場だが、商店街の方までも広く屋台の列は伸び、出し物もいたるところにある。

久しぶりに大はしゃぎをして、アレックスと屋台のゲームや軽食を楽しんでいたが、朝は一度吹き飛んでいた眠気と疲労感が、昼を過ぎた頃からまた襲い掛かってきた。

ユリアナの足取りが重くなったのに、アレックスは気づいてくれたらしい。

「疲れたか？」

「ええ、少しだけ……休憩してもいいかしら？」

運よく空いていたベンチを見つけ、休憩を提案した。

アレックスとお祭りを見て歩くのは楽しすぎて、本当は休憩する時間が惜しい。でも、無理をして後で倒れたり熱を出したりしたら大変だ。

「そうか。じゃあ、飲み物を買って来るから待っていてくれ」

アレックスが駆けて行くのを見送り、ユリアナは息を吐いてハンカチで汗を拭った。

木陰のベンチは涼しく、ユリアナは心地良いそよ風に目を細める。

しばらく休んでいるうちに疲れも和らいできたが、アレックスはまだ戻らない。

(この暑さでは、飲み物の屋台も混んでいるのでしょうね)

そんな事を考えた時、ユリアナの目の前を若い男女の二人連れが通り過ぎた。赤毛のふくよかで小型な少女と、背が高くがっしりした身体つきの少年だ。

十代半ばと思《おぼ》しき彼らは仲睦まじそうに笑い合い、繋いでいた手を振り上げて、遠くにある出し物のテントを指す。

二人の手首には、流行中のお揃いブレスレットがあった。ビーズは使われず、何本もの革紐だけを編んだ、多色の幅広なもので、遠目にも目立つ。

何となく、ユリアナも自分の手首に結わえたブレスレットに視線を移し、アレックスとお揃いなのだと口元を緩ませてしまう。

だが、ふと視線を通りに戻せば、先ほどの二人連れが身に着けていたブレスレットが片方、すぐ近くに落ちていた。

恐らく、どちらかの結び目が緩んでいて、落としたのに気づかなかったのだろう。

とっさにユリアナは立ち上がり、ブレスレットが踏まれてしまう前に急いで拾い上げた。

(まだ、そう遠くには行ってないはずだわ)

先ほどの男女が歩いて行った方角を見ると、通りに溢れかえる人の中に、身長差の目立つあの二人の後ろ姿がチラリと見えた。

「ねぇっ！　そこのあなた達！　ブレスレットを落としたわよ！」

思い切って声を張り上げたが、二人までの距離はそれほど近くなく、雑踏にかき消されて届かなかったようだ。

二人は振り向かずに進んでいき、気づけばユリアナはブレスレットを握りしめ、必死に彼らの後を追いかけていた。

これは、彼らが今日の祭りを一緒に過ごした、大切な思い出の一部分となるはずだ。

決して高価な品ではない。

けれど、もし自分が同じようにブレスレットを落として失くしたら、どんなに落ち込むか容易に想像ができた。

同じ品物を買い直せば良いとか、そういう問題ではないのだ。

歩き辛い人波の合間をくぐり抜け、懸命に走った末に、ようやくユリアナは露店を覗き込んでいた二人に追いついた。

肩で大きく息をしながら、二人にブレスレットを見せる。

「これ、あなた達のどちらかが落としたのではない？」

途端に、少年が自分の手首を見て素っ頓狂な悲鳴をあげた。

「俺のだ！」

「もう！　大事にしようねって言ったのに、いきなり落とすなんて酷いじゃない」

赤毛の少女が頬を膨らませると、少年がムッとした調子で口を曲げた。

「お前の結び方が下手だったんだろ。昔から不器用だよな」

「ま、まぁまぁ。そう言わないで。あなた達だってお互いが大好きだから、お揃いでこれを買ったのでしょう？」

剣呑な二人を慌てて宥《なだ》めると、彼らはハッとしたように顔をあからめ、ユリアナに頭を下げた。

「拾ってくれて、ありがとうございました」

「すみません。落とし物を拾ってもらったのに、見っともない所まで見せちゃって……」

「良いのよ。それでは、私はこれで」

二人と別れ、ユリアナが踵を返そうとした瞬間、強く肩を掴まれた。

「ユリアナ！　戻ったら姿がなかったから、何かあったのかと……どうしてあそこで待っていなかったんだ」

すっかり血の気が引き青褪《さ》めたアレックスが、険しい顔で立っていた。

「ア、アレックス。実は……」

通行人の邪魔にならないように通りの端により、ユリアナは手短に事の次第を説明した。

「――なるほど」

話を聞き終わったアレックスが額を押さえて深く息を吐く。

思った通り、飲み物の屋台は大行列だったそうだ。

アレックスは随分と並んで果物ジュースを買ったが、戻ったらユリアナがいないので焦り、探すのに邪魔だからと手つかずのジュースは近くにいた子にあげてしまったという。

自分のせいで彼の厚意を台無しにしてしまったと、ユリアナは申し訳なさに身を竦めた。

冷静に考えればやみくもに追いかけなくとも、祭りの運営テントか警備所に、遺失物として届ければ良かった。

この場所からはどちらも少し遠いけれど、落とし物に気づいて見つからなければ、届け出がないかとそこへ行くだろう。

「迷惑をかけてしまって、本当にごめんなさい」

心から詫びると、アレックスが眉を下げ、少し困ったような表情となった。

「ユリアナの親切な性格は好ましいし、迷惑をかけられたとも思っていない。だが、死にそうなほどに心配はした」

「え……」

「人の多い場所とはいえ、性質の悪い輩《やから》に連れて行かれたのかもしれないなど、悪い想像が次々と浮かんで……どうしてほんの一瞬でも一人にしてしまったのかと、何度も自分を責めた」

苦しそうな声音に、どれほど彼がユリアナを案じてくれたのかが、ひしひしと伝わってくる。

「アレックス……私、考えなしで……」

鼻の奥がツンと痛くなって、視界がぼやける。

ハンカチを取り出して涙を拭こうとしたが、それよりも早くアレックスに抱きしめられた。

「大事な落とし物を拾ってもらった恋人達は、きっと喜んだと思う。ユリアナは間違いなく良い事をした。でも、私はどうしようもなく自分勝手なくらいに、君を愛しているんだ。君に万が一の事があったら、とても生きてはいけない」

優しい声が、耳の奥から心臓に落ちてじわりと全身に広がっていく。

信じられないほどの幸福感に満たされて、この幸せを失いたくないと強く思った。

「恋愛なんてよく解らないと今まで思っていたけれど、私もアレックスを失いたくはない。きっと私も、貴方を愛しているんだわ」

素直な心境が、するりと喉から零れ出た。

「ユリアナ……」

アレックスが大きく目を見開き、マジマジとユリアナを見つめる。

次の瞬間、歓喜の色を満面に浮かべた彼に、いっそう強く抱きしめられた。

「本当に、本気だな?」

「こんなこと、冗談で言えないわよ。ただ、あの……」

街路樹の影で人目に付きにくいとはいえ、ここは往来の隅だと思い出した。

彼もそれに気づいたらしく、苦笑して身を離し、ユリアナの手をとった。

「ユリアナも随分と疲れているようだし、やはり今日はもう帰ろう」

「今日の外出のことをあれこれ考えてしまって、昨夜はあまり眠れなかったの。アレックスに初夏祭りを思い切り楽しんでほしかったのだけど……」

バツの悪い気分で白状すると、彼がニコニコしながらユリアナの唇を指先で撫でた。

「回転木馬もたくさんの屋台も楽しかった。何よりもユリアナからあんなに嬉しい告白を聞けたのだから、これ以上ないほど最高の一日だ」

改めてそう言われると、自分がとんでもない事を口走ったような気がして、猛烈に恥ずかしくなる。

無言で横を向くと、アレックスの指がそっと顎にかかった。彼の方へ顔を向けさせられる。

「来年もその次も、これからずっとユリアナは私の傍にいて、一緒に初夏祭りを楽しんでくれるだろう？」

答えを確信しているだろう問いかけに、今度は感激の涙が滲《にじ》みそうになった。

「ええ。勿論よ」

「だったら、無理は禁物だ」

促され、ユリアナはアレックスと広場近くで待機していた馬車に乗りこんだが、心地よい振動にたちまち眠気を誘われる。

いきなり意識が途切れたかと思うと、気づいたらもう城は間近で、アレックスの肩にもたれてうつらうつらしていた。

「っ！　ご、ごめんなさい！」

「謝る必要はない。ユリアナに頼られて可愛い寝顔が見られるなんて凄い役得だったからな。眠ければ膝枕でもするから遠慮なく来てくれ」

さぁっ！　とアレックスが膝をポンポン叩いてきたけれど、残念ながらそれに飛びつけるほどユリアナは幼くもないし、甘いやりとりに慣れてもいない。

というか、今のやりとりに狼狽えまくったおかげで、完全に目が覚めた。

「気持ちだけ受け取っておくわ」

やんわり断ると、アレックスが露骨に残念そうな息を吐いた。

「じゃあ、膝枕はそのうちに私がユリアナへ強請《ねだ》る事にしよう」

さらりと言われて思わず赤面したが、自分の膝でゆったりと目を瞑ってくつろぐアレックスを想像すると、ちょっと気恥ずかしいけれど悪くはないと思った。

「……アレックスがしてほしいのなら、いつでもするわ」

ごく小さな声で呟いたのに、アレックスはしっかりと聞きとったようだ。

「それは嬉しいな。約束だぞ」

子どもが約束するみたいに小指を絡めた時、馬車が停まった。

本日のお忍びは予定より随分と早く終了してしまったけれど、とても満ち足りた気分で、ユリアナはアレックスと裏口で馬車を降りる。

事情を知らされている衛兵の案内でひっそりと離宮へ戻り、部屋の前で別れた。

私室でワンピースから普段用のドレスに着替えたユリアナは、最後に名残惜しい気分で、革紐のブレスレットを手首から外す。

初夏祭りに煌《きら》びやかな夜会ドレスで出かけたら正気を疑われるように、このブレスレットも幾らユリアナが気に入っていようと、城で身に着ける宝飾品としては相応《ふさわ》しくない。

それに、ブレスレットについている何種類かの石を良く見たら、宝飾品としての価値とは別に、魔導書研究室には絶対に持ちこむわけにいかない代物だった。

ユリアナはブレスレットをお気に入りのハンカチに包み、今日の楽しい思い出と共に、机の引き出しへ大事にしまいこんだ。


その晩、ユリアナは寝衣に着替えてそわそわと私室を落ち着きなく歩き回っていた。

帰宅後にゆっくり休んだので、寝不足の体調不良はすっかり回復している。

アレックスは夕食の後、宿舎にいるティオの様子を見るために出かけていったけれど、そう遅くはならないから部屋で待っていてくれと言われたのだ。

「ユリアナ。入ってもいいか?」

扉の向こうから聞こえたアレックスの声に、ドキリと心臓が跳ねた。

「どうぞ」

久しぶりに緊張で声を上擦らせ、ユリアナは彼を招き入れる。

今夜はもう、彼がただ気楽にお喋りをしに来たのではないと、自然に予感していた。

訪れたアレックスは初夜の晩と同じく寝衣に上着の姿で、そっとユリアナを抱きしめた。

「抱いても良いか?」

微かに上擦った低い声に、身体の奥が甘く疼いた。ユリアナは小さく頷いて彼の背に手を回す。

「……ええ。貴方を愛している。だから、抱いてほしいの」

家を救う為でも、他の誰かの為でもなく。自分の望みでアレックスに抱いてほしいのだと、心から告げた。


アレックスがユリアナの寝室に入るのは、初夜の時以来だ。

灯《あか》りを小さくした部屋で、寝台に横たわったユリアナは、あからさまに緊張を滲ませて小さく肩を震えさせていた。

でも、緊張して身を固くしていても、アレックスを見つめる彼女の目は、あの時とは明らかに違う。

恥ずかしそうに視線を彷徨わせつつ、時おり期待するような眼差《まなざ》しを一瞬向けて、さっと逸らす。

まだ衣服も脱がず、誘いかけるような目線の仕草一つだけで、ユリアナはアレックスをどうしようもなく煽《あお》りたてる。

「無自覚にやっているとしたら性質が悪い」

思わずボソリと呟いてしまうと、ユリアナが心配そうに眉を下げた。

「私、何か変なことをしているの？」

「いや、そういうわけではないが……」

我慢できなくなり、覆《おお》いかぶさって彼女と唇を合わせた。

柔らかな唇の感触を舌でなぞって開かせ、熱く濡れた口腔に差し込む。

甘い唾液を啜《すす》り、舌を絡めて吸い上げる。ユリアナが鼻にかかった小さな声を漏らし、唾液を飲み込んだのかコクリと喉から嚥下《えんか》する音が聞こえた。

おずおずと舌を動かし、自分も応えようとするにアレックスの舌に擦りつけてくるのが、可愛らしくてたまらない。

「んっ……ふ……」

たとえようもない幸福感に、脳髄がじんと痺《しび》れる。

いつまでも口づけを堪能していたかったが、適度な所で唇を離し、今度はユリアナの首筋に唇を押しつける。

薄い皮膚の下で脈打つ鼓動は、緊張のせいか速い。体温が上がり、しっとりと湿り気を帯び始めた肌からは、石鹸《せっけん》と香油にユリアナの香りが混ざりあった良い匂いがする。

多分、自分が犬だったらこの匂いを嗅ぐだけで尻尾を千切れんばかりに振ってとびつくだろう。甘い香りに、理性が霞《かす》んで飛びそうになる。今すぐ彼女の着衣をのこらず剥ぎとってしまいたい。はやる心を必死で押さえ、寝衣のボタンを一つ、二つと外していった。

ユリアナが息を詰め、自分の肌が露わになっていくのを、身じろぎもせずに見つめている。

相変わらず緊張に強張っていても拒絶や嫌悪の気配はないのにホッとし、アレックスは寝衣をすっかり脱がせた。

「ユリアナ……触れたい」

下腹部を覆う下履きだけを残し、裸身を晒したユリアナに、覆いかぶさる。

白くきめ細かい肌は少し強く吸うだけで、簡単に痕がついた。

ユリアナに自分の痕跡を残したい。

衝動のまま、さらに彼女の肌に吸い付いた。

こうした行為は独占欲の一種で、相手が自分の愛する人だと周囲へ見せつけたい欲求の現れだと聞いたが、実に納得する。

ユリアナは一部の者から変人呼ばわりされていたとしても、利発な美女だ。昔にアレックスが、彼女と旧知だと名乗り出るのを断念してからも、未練がましく密かに目で追っていれば、社交場で彼女に言い寄る伊達男はそれなりに多かった。

恋愛に興味のなかった彼女は全てきっぱりと断っていたが、それでも内心で面白くなかった。

あからさまな情交の痕跡を見せびらかし、自分だけが彼女を抱けるのだと知らしめてやりたい気もするが、実際にそんなことをするわけにいかないのは解っている。

ギリギリの理性で普段の衣服から覗く場所を避け、鎖骨や柔らかな二の腕、胸元へと、赤い花びらの散ったような痕を幾つも刻む。

「はっ……あ、ぁ……アレックス……」

一つ刻むごとにピクピクとユリアナの身体が震え、細い指がアレックスの頭を掻《か》き抱《いだ》く。

引き剥がすでもなく、押し付けるでもない。どうしたら良いか解らないように、彼女の指に髪をかき回される感触が、たまらなく心地よい。

ふっくらした乳房を持ち上げ、膨らみをの下側を舐めて甘噛みし、強く吸いあげてくっきりと痕をつけた。

「ここに、こんな痕をつけられるのは私だけだ。そうだろう？」

やわやわと乳房を揉みしだきながら顔を覗き込むと、頬を真っ赤に染めたユリアナが視線をさっと逸らした。

けれど、小さくコクンと頷いてくれ、沸き上がる歓喜に口元がどうしようもなく緩む。

「可愛いユリアナを、私だけに全部見せてほしい」

火照った彼女の耳朶《じだ》を舐め、情欲に上擦った声で囁く。

軟骨をコリコリと甘噛みすると、ユリアナが何かに耐えるよう眉根を寄せて目を閉じ、悩ましい吐息を零した。

「ふ……はぁっ……」

「気持ち良さそうだな。もっと感じてくれ」

アレックスは笑みを深め、露わになった胸にむしゃぶりついた。

待ちわびた獲物を食らい尽くしたいという欲望のまま、口に含んだ乳房を舐め、ぐるりと舌でその周囲を舐《な》め回《まわ》す。

びくびくと震えるユリアナが、切羽詰まった高い声をあげるのに、いっそう興奮を煽られた。

ぷくりと膨らんだ先端の弾力と舌触りを夢中で堪能し、もう片方の胸も空いた手で弄る。

掌に伝わる柔らかさを楽しみながら揉み、こね回し、指先で先端を擦りあわせた。

「あっ！ や、あっ！ そこ、吸っちゃ……やぁっ！」

ユリアナがアレックスの頭を掻き抱き、艶めいた声をあげて身をくねらせる。

「嫌？ 気持ち良さそうに尖って膨らんでいるけれど」

ぷっくりと膨らんで唾液に濡れた先端を、見せつけるように指で摘まんで擦る。

「あぁっ！ は……あぁ……だって、恥ずかしくて……」

目に薄く涙を浮かべたユリアナが、微かに腰を揺らめかせたのを、アレックスは見逃さなかった。

しっかりと閉じられた彼女の両足を大きく開かせ、間に素早く自分の身体を割り込ませる。

「もっと気持ちよくなってほしいと、言ったばかりだろう？ 私の手で感じるユリアナを見るのは、最高の気分だ」

白く滑らかな太腿《ふともも》を掌でなで回し、すらりとした脚の付け根へと手を伸ばす。

「こうして、触れる前から濡れていてくれるのも、嬉しくてたまらない」

白い薄絹の下履きが、蜜に濡れて秘所に張り付いている。

薄く花弁の桃色が透け、濡れた布地ごしにくっきりと割れ目の形が浮き出ていう様が、たとえようもなく淫靡《いんび》だった。

アレックスは指で、布越しに秘裂をつぅと撫でる。秘裂の端にある小さな尖りも、ツンと突いた。

「んっ、あぁっ、あっ！」

ユリアナが敷布を握りしめ、背を浮かせて喘いだ。

内側から新たな蜜が溢れ、じゅわりと下履きの表面に滲んでアレックスの指を濡らす。

「随分と反応がいいな。ここを、自分で弄って慰めた事は？」

下着の横から指を差し込み、二枚のふっくらした女陰を指でなぞった。

わざわざ聞くことでもないと解っていても、ユリアナの事なら何でも知りたい。潔癖なのに感じやすいだけでも、ひっそり自慰に耽っていたとしても、どちらでも可愛い。

「ん……っ？　ないわ。どうして自分でそんな……」

彼女は驚いたように目を見開き、心外だと言わんばかりに軽くアレックスを睨んだ。

しかし次の瞬間、ふと何か思いついたように小首を傾げた。

「婚前教育では特に教えられなかったけれど、夫婦の営みの予習に女性はそうするの？　私も、少しくらい練習しておくべきだったのかしら？」

予想の斜め上をいく返答に、思わず噴き出した。

「ええっ！　せっかく真面目に考えたのに……んっ！」

真っ赤な顔でプイと横を向こうとした彼女の頬を捕え、深く口づける。

舌を絡めながら、指で濡れた下着越しにクニクニと花芽を摘まんで弄ると、くぐもった悲鳴を上げてユリアナが身悶えする。

「すまない。馬鹿にしたわけではないんだ。ただ、ユリアナが可愛らしくて堪《たま》らない」

ユリアナの息が完全に上がったところで唇を離し、下穿きの紐を解いて脇に投げ捨てた。

「あ……」

最後の一枚をとられたのに心許《こころもと》なさを感じたのか、ユリアナがすがるような声を小さくあげた。

彼女の太腿にぎゅっと力がこめられるが、アレックスの身体が邪魔をして閉じられない。

二枚の花弁は繊細な蠟細工《ろうざいく》のように薄く、ヒクヒクと微かに蠢いている。隙間からにじみ出ている透明な蜜が、僅かな灯りに反射して光っていた。

ゴクリと唾を呑み、アレックスは花弁にそっと指を触れさせる。熱くぬるついた花弁をそっとこすり合わせると、くちゅりと淫らな水音がした。

「あっ、あ……あんまり、見ないで……っ」

半泣きで訴えるユリアナの頬にキスをし、淫靡な音をたてて透明な蜜を花弁にまぶしていく。

「これほど綺麗で可愛いのに、見ては駄目なんて言わないでくれ」

膝に両手をかけてさらに大きく脚を広げさせ、濃厚な蜜の香りを漂わせる秘所へ、吸い寄せられるように顔を寄せる。

「ほら、ここも綺麗で、美味しそうだ」

火照った花弁にふっと息を吹きかけると、ユリアナが引き攣った呻きを漏らした。

「や……アレックス、まさか……」

ずり上がって逃げようとした腰を掴んで引き寄せ、柔らかな花弁に舌を這わせた。

「ひっ！　あっ、やぁっ！」

ビクビクと、打ち上げられた魚のようにユリアナの身体が跳ねる。

「何も気にせず、感じてくれればいい」

音をたてて溢れる蜜を啜り、アレックスは花芽を舌先でペロリと舐めた。

「あっ、あ！　だめっ！　はぁ、ああ……そこ、だめぇ……！」

呂律《ろれつ》の怪しくなってきた喘ぎ交じりの言葉とは裏腹に、小さな花芽は従順に反応し、充血して弾力を増していく。

くちゅくちゅと花弁を指で擦りながら、赤い小粒の真珠のように膨らんだ花芽を、舌先で円を描くように弄る。

「あ、あ、あぁ……」

次第に、ユリアナの声が切羽詰まった色を帯びてきた。

内腿《うちもも》がブルブルと引きつり、爪先がピンと伸びて敷布を踏みしめている。絶頂が近いのだろう。

繊細な花弁を傷つけぬよう丁寧に、かつ執拗に指で弄り、真っ赤に熟れた花芽を舌で優しく押しつぶす。

しまいにガクンと大きくユリアナの腰が跳ねて、高い嬌声《きょうせい》が響いた。

彼女の身体がゆっくりと敷布に落ち、アレックスは口元を拭って顔をあげる。

ユリアナはぼんやりと宙を見つめ、半開きになった唇からしどけない呼吸を漏らし、胸を喘がせていた。

全身が淡く上気して色づき、しっとりと汗に濡れている。

煽情《せんじょう》的な姿に、アレックスの雄は痛いほど張り詰め、着衣を押し上げて存在を主張する。

「達したようだが、大丈夫か？」

「ん……達……？」

ぐったりと惚《ぼ》けていたユリアナが、ぼうっと尋ね返す。

「わけが解らなくなるくらい、気持ちよくなることだ」

今すぐ彼女の中に押し込み、思う様に貪りたい。

餓《う》えた獣のような激しい欲求を何とか抑え、蕩けきった蜜口に指を這わせた。ユリアナがピクンと身を震わせる。

ぬるついた蜜口に指を這わせ、入り口をゆるゆるとなぞってから、そっと中へ一本差し込んだ。

先端を浅く入れただけで柔らかな膣《ちつ》壁に吸い付かれ、想像以上の心地よさに息を呑む。

「夢みたいだ。熱くて蕩けたユリアナの中が、いやらしく私の指に吸い付いてくる」

少しずつ指を奥に進めてくちくちと動かしながら、陶然と呟いた。

「そんな……恥ずかしいこと、言わないで……」

手の甲で目蓋を覆い、ユリアナが首を左右にふる。艶《つや》やかな黒髪が揺れ、パサパサと敷布を打った。

アレックスに嗜虐《しぎゃく》趣味は断じてなく、ユリアナを悲しませたいわけもない。

でも、羞恥で泣きそうなその様子があまりに可愛らしく、思い切りニヤケてしまう。

十分に濡れて達したせいか、蜜道はアレックスの指を痛みもなく受け入れているようだ。

「痛まないか？」

念の為に問うと、顔を隠したままユリアナが首を縦に振った。

「良かった。じゃあ、もう一本増やそうか」

ズルリと膣から指を抜けば、ビクンとユリアナが震え、蜜口から少なくはない量の蜜が溢れる。

今度は二本の指を添えてゆっくり差し込むと、質量を増した分だけ締め付けも強くなった。

「んっ……」

ユリアナが微かに眉根を寄せたが、そう苦しそうには見えなかった。

慎重に抜き差しを始めると、膣奥からは熱い愛液が溢れ、指の動きを助ける潤滑液となる。

十分に解《ほぐ》れたところでもう一本増やして差し込むと、今度は流石に痛んだようだ。

「う……痛ぁ……」

ユリアナが小さく呻き、身体を強張らせる。

「できるだけ力を抜いてくれ」

正直なところ、アレックスの雄は指三本よりも遥かに質量も長さもあるのだ。

少しでも楽になるようにと、もう片方の手を花芽に伸ばし、包皮から顔を出している赤い突起を刺激する。

「あっ！　ああっ！」

ユリアナが目を見開き、頤《おとがい》を逸らした。

ギチギチに指を締め付けていた膣壁が妖しく蠢《うごめ》き、花芽への刺激に呼応するようにきゅんきゅんと痙攣《けいれん》する。

「あっ！　ああっ！　や、ああ！」

バラバラに指を動かしても、身悶えるユリアナは艶めいた喘ぎを零し、溢れる蜜がグチュグチュに泡立って指の隙間から溢れて敷布を濡らす。

「――――っ！」

限界まで背を反らせた彼女が、声にならない声を放ってもう一度達したところで、アレックスは指を引き抜いた。

もう、我慢の限界だ。

手早く着衣を脱ぎ、荒い呼吸を繰り返しているユリアナの腰を引き寄せた。

「挿れるぞ」

ぐったりとしている彼女に囁くと、コクンと頷き返してくれたのに、胸がきゅんと高鳴った。

絶頂の余韻にヒクヒクと開閉している蜜口に、猛《たけ》り立《た》った雄を蜜口に押し当てる。

クチュリと、温かなぬるぬるした花弁が肉棒の先端を咥《くわ》える感触に、思わず吐息を漏らす。

「……っふ」

想像以上の悦楽にゾクリと背骨が震えた。気を抜いたら、すぐに果ててしまいそうだ。

歯を食いしばって堪え、滾った雄を隘路《あいろ》に押し込み始める。

「ん、ぅ……」

指よりもずっと質量のある性器の挿入に、ユリアナが苦悶《くもん》の表情を浮かべて身を捩った。

「はぁっ……少し、力を抜いてくれ」

処女には辛すぎる大きさのものを押し付けられ、隘路が苦痛と緊張にギチギチと収縮しては侵入を拒む。

「う、ぁ……はぁ……ごめん、なさい……うまく、できなくて……」

しゃくりあげながら首を振るユリアナの手を取り、アレックスは自分の肩に掴まらせた。

「すまない。もう少しだけ耐えてくれ。辛かったら爪を立ててもいい」

眩暈がするほどの快楽に声を上擦らせ、彼女の太腿を抱えなおして腰を少しずつ進める。

「は、あ、ぁ……」

アレックスの背に回したユリアナの腕に力が籠もり、爪が背中に食い込んだが、まるで気にならない。

初めての性交に伴う苦痛に耐えようと、必死にしがみついてくるユリアナの姿に、ゾクゾクするほどの歓喜が沸き上がる。

一番太い部分をこじ入れ、少しずつ奥へと腰を進めていくうちに、何か引っかかりを破るような感覚があった。

それが、乙女の証を奪った瞬間だと気づくのと同時に、ユリアナが悲鳴を上げた。

「あああああっ！」

両眼からボロボロと大粒の涙を零し、アレックスの背に爪を立てて思い切りしがみつく。

内壁がぎゅっと収縮し、半ばまで挿入された雄をきつく締め付けられ、アレックスも呻いた。

「くっ……ぅ」

長引かせない方がいいだろうとか、冷静に考える余裕などなかった。

ユリアナの腰を抱え、一息に奥まで貫く。

「ああ――っ！」

高く啼《な》いた彼女を抱きしめ、腰を密着させたまま、アレックスも荒い呼吸を繰り返した。


根元まで貫かれ、ユリアナは胸を激しく喘がせながら、夢中でアレックスに縋りついた。

破瓜《はか》には痛みが伴うと聞いていたが、これほどとは思わなかった。

途中で止めてと泣き叫ばずに堪えられたのは、きっと相手がアレックスだから……どんなに痛くても、愛している人を受け入れたいという気持ちが勝ったからだ。

じんじんとまだ響く下腹部の痛みは辛いが、これもアレックスに純潔を捧《ささ》げた証拠なのだと思うと、感慨深くすらあるほどだ。

初夜にアレックスを拒んでしまった時は、彼の優しさに甘え過ぎだと後悔した。無理にでも受け入れるべきだったのではないかと、後から何度も罪悪感に駆られた。

でも、あの時に無機質な人形みたいに心を殺して抱かれていたら、きっと自分はこれを、痛みと恥辱だけを強いられる行為だと受け止めていただろう。

「ユリアナ、大丈夫か？」

アレックスが、汗で額に張り付いたユリアナの前髪を払ってくれた。

指先が優しく肌を撫でる感触に、たとえようもない安堵と幸福感が沸く。

この人と肌を触れ合わせて結ばれたのが嬉しい。

家を救うために娶られたからとか、妻の務めだからとか微塵も関係なく、純粋に自分が望んで抱かれたのだと、素直に思える。

心地よさにふぅっと息を吐くと、若干痛みが和らいだような気がした。

「痛かったには違いないけれど、もう大丈夫よ」

見ればアレックスの額にも汗が滲んでいる。

彼を真似て腕を伸ばし、額にかかっている前髪を払ってみると、アレックスが微かに眉を寄せて呻いた。

「あっ、ごめんなさい……こういう時は、その……男の人も痛むのかしら？」

急に不安になって、おずおずと尋ねた。

夫婦の営みについての教本で、行為の際に男性のそこが膨らんで固くなるとは記されていたが、どれくらい大きくなるかとか、なぜそうなるのかまでは記されていなかった。

ユリアナの中に入っている彼の一部は、想像していたよりも遥かに太くて大きい。元の男性器をマジマジと見た事などないが、それにしても驚くほど硬く熱まで持っている。

もしかしたら腫れあがったような感じで痛いのではと、心配になってきたのだ。

だが、アレックスが首を横に振り、困惑したように苦笑した。

「いや、痛くはないが……辛いと言えば、辛いというか……」

「え？」

首を傾げると、いきなり片手を持ち上げられて指先を口に咥えられた。

「んぅっ！」

指先に柔らかく温かな舌が絡みつき、固い歯で表面を軽く齧《かじ》られる。何とも言えない奇妙な愉悦が背筋に走り、思わず鼻に抜けたような声を漏らした。

「動いてもいいか？　ユリアナの中が気持ち良すぎて、これ以上我慢できそうにない」

アレックスが、チロチロとユリアナの指を舐めながら尋ねた。

いつも優しく気遣ってくれてばかりの彼が、獲物を貪りたくてたまらない餓えた獣のような目で、こちらを見つめている。

熱の籠もる視線がやけに官能的で、ゾクリとユリアナの背を震わせた。

「ええ……」

自然と頷き、改めて腕をまわして彼に抱き着く。アレックスが、ゆっくりと腰を前後に動かし始めた。

「んっ」

引き攣れるような痛みに息を詰めだが、我慢できないほどではない。

緩やかな律動と愛撫《あいぶ》を繰り返されるうち、痛みの向こうにじんわりと奇妙な感覚が湧き上がってきた。

「ふ……ぁ……はぁっ……何だか、変……」

「どういう風に変なんだ？」

「お腹の奥が、熱くて……」

「そうか」

クスリと笑った彼が、小刻みに腰を動かしながら、胸の先端に吸い付いた。

「あっ、あぁっ！　両方……だめぇっ！」

痛いくらいに尖った胸の頂を舐めしゃぶられると、身震いするほど甘い愉悦が芽生え、彼を受け入れている場所がキュンキュンと疼く。

嬌声を上げ、背をのけ反らせると、いっそう彼に胸を突き出す姿勢になってしまう。

「ユリアナ……もっと乱れて、啼いて」

もう片方の胸も指で弄られ、先端を軽くかじられると、目の前が一瞬白んだ。

「あああ！」

アレックスの頭を掻き抱き、ビクビクと震える蜜道が体内の彼を締め付ける。

「はっ……ユリアナ……最高に可愛い」

快楽に打ち震えるユリアナを抱きしめ、彼が恍惚《こうこつ》めいた呻きを発した。

ユリアナの腰を抱えなおし、動きを速める。

「あ、あ、あ、あ……！」

快楽に狭まった蜜壁が肉棒に絡みつき、結合部からじゅぶじゅぶと泡立った蜜が溢《あふ》れ出《で》て敷布に染みをつくる。

最奥まで深く激しく突かれ、脳髄を焼き切られそうな快楽に全身が粟立った。

「あっ……アレックス……ああっ！」

臍《へそ》の内側辺りを先端でグリリと擦られて、鋭い快楽にユリアナは高い声を放つ。

甘く容赦のない愛撫に攻められ、次第に我を忘れていく。

もっと快楽を貪ろうと、気づけば彼の動きに合わせて腰を動かしていた。

二人分の荒い息遣いと、卑猥《ひわい》な水音が部屋中に響く。聴覚を犯すそれらも刺激になってユリアナの身を戦慄かせる。

「んっ、あ……っ、待って……また、あれが……」

頭の中が真っ白になっていく。あの激しい絶頂の予兆を感じ、殆ど無意識に泣きじゃくりながら訴えた。

「イけばいい。私ももう限界だ……」

「あ、ああっ！」

次の瞬間、アレックスが大きく腰を打ち付けた。雄の先端が子宮口を強く突き、鮮烈な刺激にユリアナの中で快楽が弾ける。

「う……」

アレックスが呻き、火照った媚肉に強く締め上げられた雄が、ぐんと質量を増した。

ビュクビュクと、熱い飛沫《しぶき》が雄の先端から噴き出し、ユリアナの中に注ぎ込まれる。

「あ、熱……あぁ……」

内部を満たす精の熱さに、ユリアナは何度も大きく身を震わせた。

熱くて、気持ち良いい。それ以外のことは何も考えられない。

アレックスに強く抱きしめられ、最後の一滴まで吐き出しされる白濁を、全て受け止める。

「はぁっ……ふ……ぁ」

やがて欲望を吐き出し終えた雄がズルリと引き抜かれ、ユリアナは敷布にぐったりと四肢を投げ出した。

嵐のような激しい快楽の余韻に痙攣し、荒い呼吸を繰り返していると、アレックスに髪を優しく撫でられた。

「大丈夫か?」

心配そうに尋ねられ、とても声は出なかったがコクリと頷いた。

身体は辛かったけれど、気持ちよくはあったのだし、何よりもアレックスと互いに求めあい結ばれた事実が嬉しい。

「良かった」

彼が満面の笑みとなり、ユリアナに口づけた。

ペロリと唇を舐めた彼が、舌を絡めながら腰を押し付けてくる。

腰に当たる、硬度と熱を再び滾らせたものの感触に、ユリアナは唇を塞がれながら目を剥《む》いた。

「っ?」

「大丈夫なら、もう一回だけ付き合ってくれ」

――そういう意味じゃない！

「んぅーっ！」

口腔を蹂躙《じゅうりん》され、精一杯の抗議は声にならなかった。

太腿を抱え上げられ、まだヒクヒクと蠢いている膣口に、ぐちゅりと花弁をかき分けて肉棒が押しこまれる。

「あっ！　あっ！　あっ！」

愛液と先ほど放たれた精でドロドロに蕩けている蜜洞は、なんなく彼を受け入れた。

まだ過敏な膣襞を擦られ、ユリアナは短く何度も喘ぎながらアレックスに縋りつく。

「ユリアナが可愛すぎて、一度だけではとても我慢できない」

舌なめずりをするアレックスは、獲物をまだまだ食い足りなかったようだ。

「は、ぁ……も……無理……ああっ」

弱弱しく訴えるも、語尾が甘く跳ねあがり、身の内から新たな蜜が溢れては肉棒をきゅうきゅうと締め付ける。

「ここはまだ喜んでくれているみたいだが」

アレックスが結合部に手を伸ばし、充血しきった花芽を指で突かれた。

「――っ！」

内部を犯されながら敏感な箇所への刺激に、声にならない悲鳴をあげてユリアナは背をしならせる。

「ユリアナ、愛している。続けさせて」

トロリと恍惚に蕩けた声で囁かれ、ゾクゾクとユリアナは身を震わせる。

ずるい。こんな風に甘えられたら、断れるわけがない。

ぐちゅぐちゅと音をたて、ユリアナの中で熱く脈打つものが動き始めると、また快感が引きずり出されてくる。

その後で体位を変え、もう一度ばかりか何度も体内に何度も白濁を流し込まれ、ユリアナは一晩中ひたすら喘がされたのだった。

第四章　裏切り者と災厄の魔女

初夏祭りの晩を境に、アレックスが自室で眠ることはなくなった。

箍《たが》が外れた状態というのは、こういう状態を言うのだろう。

あれから十日が経つが、彼は毎晩ユリアナを抱きに訪れた。

朝まで抱き潰すような真似はさすがに初日だけだったが、行為を終えた後も敷布を替えた寝台で抱きしめて眠る。

――幸せ。

毎晩アレックスの体温を感じて眠りながら、ユリアナは心の底から思う。

婚礼準備も順調で、国王夫妻も何かと気遣って良くしてくださる。魔導書研究室にも定期的に顔を出せている。

ただ、アレックスの融資を受けて父の新規事業は上手く行っているが、例の不思議な詐欺事件は未解決で、捜査も難航しているらしい。

今日は婚礼準備の打ち合わせや茶会の招待などもなく、ユリアナは朝食が済むと外に出た。以前に図書室で借りた本を返し、また他に役立つものがないか探すつもりだ。

（気持ちの良い青空ね。少し寄り道してティオを探しましょう）

雲一つない青空を見上げれば、幾匹かの翼竜が元気に飛び回っている姿が遠目に小さく見える。ここ数日は雨続きだったから、警備飛行に出かける以外の翼竜が、空を飛んでいる姿を見ることはなかった。でも、今日はティオも気持ちよく飛んでいるだろう。

アレックスが執務室にいる時、ティオはたいていその近くの屋根に止まっているか、宿舎の近くで気ままに遊んでいるらしい。

ユリアナはまず、翼竜の宿舎へと続く小道を歩き出した。

翼竜の宿舎は、木組みに瓦葺《かわらぶ》き屋根をつけた平屋の建物だ。壁は殆どが簡単に取り外しができ、風通しも良く、翼竜の出入りがしやすくなっている。

今日は全ての戸が外されていて、宿舎は柱と屋根だけの姿になっていた。

綺麗に掃除された宿舎に翼竜は一匹もおらず、ロビーの姿も見えない。

多忙な竜騎士見習いの少年は、きっと忙しく駆け回っているのだろう。

ユリアナがキョロキョロとティオを探していると、不意に上空から元気な鳴き声がした。

振り向くと、群青の翼竜が猛スピードでこちらに急降下してくる。

「ティオ、おはよう」

今にも激突してきそうな勢いのティオに、ユリアナは手を振った。

期待通り、ティオはぶつかると見せかけて宙で一回転し、ゆっくりと舞い降りてくる。

「今日も絶好調ね」

パチパチと拍手をすると、ティオが得意げに鳴いた。

今の急降下はティオの得意技なのだが、翼竜の苦手な女性や小さな子どもが、いきなりこれをやられたら卒倒ものだろう。

それはティオもちゃんと弁《わきま》えているから、むやみやたらにはしない。

ユリアナに初めてこれを披露した時だって、ちゃんと傍にアレックスがいたのを確認してやっていた。

「キュイ」

当然だ、とでも言いたげに長い首を逸らして賞賛を楽しんでいたティオだが、ふと何か思い出したように目を瞬かせた。

ユリアナの背を鼻先でツンツンと突き、翼竜宿舎の方へ促すような仕草をする。

「宿舎に行きたいの？　ロビーもいなかったみたいだけれど……」

責任者がいないのに、自分が勝手に入って良いものかと悩んだが、ティオはユリアナの背中をぐいぐい押し続ける。

しかしティオは宿舎の裏手を通り過ぎ、その隣の小屋の方までユリアナを押しやった。

しっかりした鍵付き扉のある石壁の小屋は、竜騎士見習いが日誌をつけたり、翼竜用の薬や剥がれた鱗を保管したりする、大切な事務室だ。

裏側から回り込んだユリアナの耳に、にこやかな雰囲気の会話が聞こえた。

「――いつも興味深いお話をしてくださるわね。また、聞かせて頂きたいわ」

「はい！　ドロテア様が宜しければ、いつでもいらっしゃってください！」

上品でしとやかな女性の声と、やけに上擦って興奮気味なロビーの声だ。

そっと覗くと、金髪の若い令嬢がちょうど立ち去り、ロビーが深々とお辞儀をしてそれを見送っていた。

（え……今の、ドロテア・レインデルス様よね。どうしてお一人でこんな所に……？）

こんな所に、というのはティオやロビーに失礼だが、立ち去ったのが社交界の花形――ドロテア・レインデルス公爵令嬢なだけに、ユリアナは思わず首をかしげた。

レインデルス公爵家といえば、歴代に渡り一族から多数の文官を輩出してきた、名門中の名門である。現当主も経済大臣を務めており、ドロテアはその一人娘で、確かユリアナと同年齢だ。

彼女は社交界の花形で、美貌だけでなく気高い心を持つ、淑女の鑑《かがみ》ともてはやされている。

いつも大勢の取り巻きをつれており、同年の貴族令嬢とはいっても、地味な家柄の伯爵令嬢でしかも変人のユリアナは近づくような縁もなかった。

ユリアナのために王妃が開いてくれた茶会の席で、ほんの挨拶程度に初めて会話をしたくらいだ。

そのドロテアが供も連れずに竜騎士見習いの事務室にいたのは、どうしても意外に思える。

「あっ、ユリアナ様！」

ふと、振り返ったロビーに見つかり、ユリアナは顔を赤くして建物の裏から出て来た。

「ごめんなさい。覗《のぞ》き見《み》をするつもりではなかったのだけれど、ティオと遊んでいたら……」

気まずさいっぱいで詫びると、ロビーが慌てふためいた様子で両手を振った。

「そんな！　ユリアナ様が謝られることなどありませんが……できれば内緒にして頂けますか？　ドロテア様はただ、僕に竜騎士見習いの仕事内容を聞いているだけなのです」

「ドロテア様が、竜騎士見習いの仕事を？」

ますます不思議になって首を傾げると、ロビーがあたふたと説明してくれた。

何でも、ドロテアの遠縁の子が竜騎士に憧れているのだが、危険だと両親に反対されて親子仲が悪くなり、見兼ねた彼女は竜騎士見習いが実際はどんなものか自分で調べることにしたらしい。

見習いの地道な仕事や過酷さをその子に知らせ、それでも決意が揺るがないのならば自分は彼の肩を持つし、諦めて素直に親の意見を聞くならば家庭内は平穏になる……という考えだった。

「そういうわけで、他人の家庭事情も入る事なので内緒で協力してほしいと頼まれ……」

「キュフン！」

不意に、ティオが大きく鼻を鳴らして、ロビーの言葉を遮った。

長い首をグルンと回してツンとそっぽを向き、あからさまに拗ねた仕草でその場に座り込むと、ロビーのお尻を尻尾の先でペチンと叩いた。

「いてっ！　ティオ〜、お前はドロテア様を気に食わないみたいだけど、あの人だってきっと悪気があって翼竜にあんなことを言ったわけじゃないんだ。怖くて、思わずキツイ言い方になっちゃっただけだろうから、もう水に流してくれよ」

眉を下げてロビーが頼むも、ティオはプイと横を向いてしまう。

「もしかしてドロテア様は翼竜が嫌……いえ、とても苦手なの？」

ユリアナが尋ねると、ロビーは両手を握りしめて何度も大きく頷いた。

「そうなんですよ！　ユリアナ様はともかく、大半のご令嬢は竜騎士こそもてはやしても、翼竜は怖くて苦手だと敬遠するんです。残念ながらドロテア様もその一人ですが、それでも御親戚の親子がギクシャクしているのは忍びないと、勇気を出していらしたとかで……」

「まぁ、そうだったの」

「以前は少し近寄りがたい方だと思っていたのですが、実際に話してみたら、僕みたいな庶民出の者にも気さくに接してくださるので感激しました」

照れくさそうに頭を掻いているロビーは、すっかりドロテアに心を奪われているようだ。

そんな彼を、ティオが面白くなさそうな半眼で睨んでいる。

「ティオ……だから私を連れてきたのね。ドロテア様とお話しする機会ができたら、あなたはとても可愛くて素敵な子だと、きちんと説明するわ」

ユリアナはティオにこっそり囁き、懸命に撫でて宥めた。

一体、ドロテアが竜騎士団の翼竜に何と言ったのかは解らないが、この怒りぶりからして相当にティオを傷つけたのだろう。

遠縁のために勇気を振り絞って苦手な場所を訪ねたドロテアの行為は、確かに優しいと思う。

だが、彼女に悪気がなかろうと、それで傷つく言葉を投げつけられたらしいティオにすれば、たまったものではない。怒るのは当然だ。

普段のロビーなら、誰かが翼竜に無神経なことを言ったりすれば、懸命に反論する。

その結果、相手が意見を変えなくて余計に罵ったとしても、ティオはロビーへ感謝こそすれ、こんな風に非難がましい目を向けない。

だが、今の彼は完全にドロテアへ骨抜きのようだ。

本気で恋しているというより、手の届かない憧れの存在と承知で崇《あが》めている感じだが、それでも何かに夢中になると、人は他の部分へ盲目となりがちだ。

(でも、レインデルス公爵令嬢が相手ではどのみち、反論など言い辛いでしょうし……それよりも私がドロテア様にお会いした時、さりげなく翼竜の可愛さを伝えた方が良いわね)

ユリアナは胸中で頷き、励ましを篭めてティオを熱心に撫でた。


ティオやロビーと別れた後、ユリアナは今度こそまっすぐ図書室へ行き、新たに借りた本を抱えて本殿の美しい中庭へ出た。

まだ昼食に時間もあることだし、こんな気持ちの良い天気では、室内に籠もるのが惜しくなる。

瀟洒な造りの四阿《あずまや》が幾つも備えられている庭は、天気の良い日には散策する貴婦人で混みがちだったのだが、最近は空いているとメイドから聞いた通り、誰もいなかった。

本殿の歓談室に、室内の温度を常に快適な気温に保つ最新の魔道具が先週から設置されているので、流行りに敏感な人たちはそちらへ行っているらしい。

おかげで、庭も四阿も全て貸し切り状態だ。ユリアナはしばらく庭を気ままに散策してから、一番隅にある小さな四阿に陣取った。

隣にもっと広い豪華な装飾の四阿もあったが、ここはちょうど木の枝葉で覆い隠され、緑に包まれた秘密の小部屋にいるような気分になれた。

大理石のベンチに座ると、キラキラと木漏れ日がちょうど手元に降り注ぐ。

早速本を読もうとしたが、不意に足音と葉の揺れる音が聞こえ、四阿の入り口に一人の令嬢が姿を現した。

「まぁ、失礼いたしました。てっきり、誰もいないものかと」

驚いた様子で口元へ手を添えた若い令嬢に、ユリアナも目を見張る。

そこにいたのは、まさしくドロテア・レインデルスだ。

木漏れ日が、彼女の金色の巻き毛と、最新流行のドレスについた宝石飾りを煌めかせている。

「どうぞお気になさらず、ドロテア様」

急いでユリアナは立ち上がり、腰をかがめてお辞儀をした。

「ありがとうございます」

ドロテアも微笑み、たっぷりとしたスカートを優雅に持ち上げる。そして、四阿の中の大きさを測るように一瞬視線をやった後、ニコリと笑った。

「宜しければご一緒してもかまいませんか？　散策をしていましたが、今日は少し陽射しが強くて……それに、ユリアナ様とは一度ごゆっくりお話をしたかったのです」

「ええ、勿論ですわ。先日の王妃様のお茶会以来、ご無沙汰しております」

ドロテアが四阿に入り、ユリアナと向かい合って石造りのベンチに腰を降ろす。

すると薔薇色《ばらいろ》のスカート生地が、小さな四阿の中いっぱいに広がった。

（早く、もっと細身のドレスが流行になるといいけれど）

自分もスカートの膨らんだドレスを着ていたら、とても二人でここに入るのは無理だったなと、内心でユリアナは苦笑する。

この夏から、王都では極端にスカートが大きく膨らんだドレスが急激に流行しはじめた。

あまり貧相な身なりではアレックスに恥をかかせてしまうから、ユリアナも一応は流行を意識するが、書棚と大きな机の並ぶ魔導書研究室で、こういうドレスは他の人の迷惑ともなる。

なので、今着ているドレスは、二番目に流行しているリボンを多用したデザインで作った。

それはともかくとして、こんなに早くドロテアと二人きりで話ができるなんて運が良い。

（ティオをあまり怖がらないでくれるよう頼む、絶好のチャンスよ）

ドロテアとは王妃の茶会で挨拶を交わした程度で、共通の知人もいない。社交界の華である彼女は多忙だろうし、いきなり茶に招くのもどうかと悩んでいたのだ。

（翼竜がどれほど人の言葉を理解しているのか知ったら、賢いと見る目を変える人もいると聞くわ。ドロテア様も、ティオについてよく知れば考えを変えてくださるかも）

ロビーは確か、彼女は竜騎士見習いの仕事について見学を頼んだのを、あまり公にしてほしくないようなことを言っていた。

（だったら、私がその現場を目撃してしまったとは言わず、ごく自然な流れで翼竜のことへ話題を持っていく方がいいわね。アレックス様の婚約者として翼竜について勉強したら、意外にも可愛らしくて驚いたとか……）

ティオが大きな見かけによらず繊細な心の持ち主で、ご令嬢方が自分を怖いと言うのを聞くとショックを受けてしまうようだとか、それとなく伝えればいいではないか。

「あの、ドロテア様……」

思い切って話を切り出しかけた時、突如として甲高い女性の声が響いた。

「ユリアナが？」

いきなり自分の名が聞こえ、思わず声のした背後へ振り向いた。

木の葉のカーテンの合間から、たっぷりとスカートが膨らんだ華やかな色合いのドレスが二人分、チラリと見える。

「ええ。いい気味よね。ちょっと人の来ない所で話しましょうよ」

意地の悪さが滲《にじ》み出るような二人の笑い声には、聞き覚えがあった。

（エミリーとロレーヌだわ。何か、私について話しているようだけれど……）

盗み聞きは趣味が良くないが、自分のことについて……それもあまり良くない雰囲気での会話は気にかかる。

彼女達は元々、ユリアナを馬鹿にして嘲《あざわら》っていたけれど、それ以上にわざわざ嫌がらせをしにくることもなかった。そこまで興味もない、どうでもいい相手だったからだ。

でも、今は違う。

彼女達にしてみれば、今のユリアナは自分達が憧れているアレックスの婚約者の座にいきなり収まった憎い女だ。

だからこそ王妃は、そうした憎悪を持つ者が妙な騒ぎを起こさぬようにと、早々に茶会を開いて牽制《けんせい》してくれたのだが、それでも何かあったのかもしれない。

人の来ない場所といっても、大きく膨らんだドレスのスカートが場所をとる二人は、さすがに小さな四阿に来ようとせず、木の葉のカーテンを隔てた隣の広い四阿に入った。

（どうしよう……）

気まずさいっぱいにドロテアを振り返ると、彼女は神妙な顔で唇に人差し指を当てた。

社交界の花形である彼女に、陰でやっかみを向ける者もいるらしいから、こういう自体には慣れっこなのだろう。

ここは黙って情報を仕入れるべきだという手振りの忠告に従い、ユリアナは息を潜めて葉の合間から見えぬよう柱の陰に身を顰める。

「でも、エミリー。ユリアナが惨めならいい気味だけれど、さっきの貴女の話、遠回し過ぎてよく解らなかったわ」

木の葉が互いの姿を隔てていても、少し甘えた感じのするロレーヌの声は、よく聞こえる。

「解らなかったの？　相変わらず貴女って、少し察しが悪いわよね」

勝ち気な甲高いエミリーの声は、もっとよく聞こえた。

「じゃあ、ロレーヌに解るよう最初からもう一度説明してあげるわ。数か月前に、アレックス様が使節のお役目で異国に出向していたのは、貴女も知っているでしょう?」

「ええ。知っているわ。でも、それが何か関係あるの?」

「アレックス様は帰国してすぐ、何か急な連絡を受けたそうなのよ。物陰で、とても動揺した様子で手紙を読んでいたのを、使用人の誰かが見たんですって」

「誰かって……誰?」

「おバカさんね。王弟殿下の秘密を盗み見したなんて、言えるわけがないじゃない。噂は広まっているけれど、それを流した本人だって誰かから聞いたって誤魔化すでしょうから、私は知らないし興味もないわ。肝心なのは誰から聞いたかではなく、話の内容でしょう」

「え、ええ。そうよね。それで、手紙を読んでいたアレックス様が、どうなったの?」

「アレックス様が血相を変えて読んでいた手紙は、宛名までは流石に見えなかったけれど、貴族か裕福な女性が使いそうな封筒だったのは何とか見えたんですって。それに『愛のない結婚でいいのなら、そうしよう』と、独り言まで漏らしていたそうなのよ」

「っ!」

頭をガンと殴られたような衝撃を受け、思わず声をあげそうになった。ユリアナは自分の口を慌てて両手で塞ぐ。

「じゃあ、エミリー。その手紙って……」

息を潜めて会話を聞いていたユリアナにも、エミリーの言葉がどう続くか予想ができた。

「間違いなく手紙の差出人は、以前から噂されていた、アレックス様の秘密の想い人だと思わない？」

　こちらからは見えないが、予想通りの言葉を吐いた彼女の、得意げな顔が目に浮かぶ。

「私の考えはこうよ。アレックス様は以前から噂されていた通り、真に愛する女性と結ばれたくて、頑張って縁談を断り続けていたけれど……」

「うんうん」

「帰国直後に受け取った手紙で、正式に結ばれるのは無理だから、世間的にも結婚が必要なアレックス様には、せめて愛のない結婚をしてほしいと、彼女から頼まれたというところかしら」

「ああ、それなら急に婚約を決められたのも納得がいくわ。でも、なぜよりによって相手をユリアナにしたのかしら？」

　エミリーが、侮蔑たっぷりの嫌な笑い声をたてた。

「あの時、フレーセ家は破産寸前で、ユリアナがゼルニケ元侯爵に嫁ぐのも融資目当てだったとよく知られていたじゃない？」

「そうだったわね」

「アレックス様にとって、ゼルニケ元侯爵が偶然に逮捕されたのも運が良かったはずよ。ユリアナが幾ら男性に興味のない変人だろうと、融資目当ての婚約者が逮捕となったら困るはずだもの」

「あ！　だから、あんな事件があったのに、アレックス様は自分が彼女に一目惚れしたなんて言って、急に婚約をしたのね」

「フレーセ家への融資と魔導書研究室への推薦をぶら下げて求婚すれば、ユリアナはすぐに飛びつくだろうと誰だって解るわ。自分がお飾りの妻だと後で聞かされても、魔導書を渡してちょっと優しくすれば犬みたいに従順になる、扱いやすい女だと選ばれたのよ」

甲高い嘲笑に、ユリアナは心臓を冷たい棘《とげ》で刺されたような気がした。

アレックスから強引に奇妙な婚約を迫られた時、誰よりもユリアナ自身が一番先にその考えへ行きついていた。

（でも、アレックスは私を愛してくれていると……それを疑うなんて……）

初夜に押し倒されて『愛している』と言われた時は驚いたし、とても本気にできなかった。

しかしアレックスと毎晩語らって彼をよく知るうちに惹かれ、その言葉を信じることにした。

彼の唐突な求婚に、不審な部分は幾つも残されたままだったけれど、アレックスは間違いなくユリアナを愛してくれているはず。

だから、ゼルニケ侯爵邸で初めてアレックスと会話をした時、『愛のない結婚ができるのなら』と念を押されたことなどは、もう忘れようと思っていた。

挙動不審なように見えた彼の行動も、何かすれ違いや思い過ごしだったのかもしれない。

そう考え、アレックスを信じると決めたはずなのに、嫌な気分がベットリと全身に伸《の》し掛《か》かって、呼吸を苦しくする。喉がカラカラになって、冷や汗が背筋を伝う。

「それでさっきエミリーは、ユリアナが惨めな道化の花嫁だと言っていたのね。あの女にはお似合いだわ」

「何も知らないで愛されていると有頂天になっているなんて、本当に滑稽よね」

はしゃぐ二人の会話も、どこか遠いところから響いてくるようで、思考が上手く働かない。

どうしたら良いのか解らず膝の上で手を握りしめていると、ドロテアが不意に立ち上がり、四阿から出て一歩こちらへ振り返った。

「ユリアナ様。そろそろ彼女達のお喋りも終わったようですし、参りましょうか」

「っ？」

いきなり声をかけられ、ユリアナはビクリと肩を跳ねさせたが、受けた衝撃はエミリーとロレーヌの方が遥かに大きかっただろう。

「きゃあっ！」

「嘘っ！　あ、あの、これは……！」

隣の四阿から、二人の完全に上擦った声と慌てふためいて立ち上がったらしい物音が聞える。

仕方なく精一杯に無表情を作り、ユリアナも四阿から出た。

エミリーとロレーヌは、冷ややかな目をしたドロテアを前に蒼白《そうはく》となっていたが、ユリアナを見てさらに倒れそうな顔色になる。

「あなた達がいらっしゃる少し前から、私共は隣の四阿で休憩しておりましたの。お二人はとても仲が宜しいのね。楽しそうなお話の声がこちらまでよく届きましたわ」

ドロテアが溜息をつき、軽く頭をふった。

「あ……あの、ユリアナ様……」

「わ、私達は、もちろん本気では……」

彼女達が、満足に言葉も紡げないほど動揺するのは当然だ。

ユリアナの悪口を言っていただけならともかく、王族であるアレックスの行動を盗み見したという噂話《うわさばなし》に、想像を付け加えて面白おかしく話のネタにしていたのだ。

王族に対する不敬罪に問われても文句は言えず、下手をすれば重臣である彼女たちの父親にも影響がおきる。

彼女達もよく解っているはずなのに、ここまで無防備にはしゃいでしまったのは、それほどにユリアナを憎らしく思っていたが故だろう。

（軽率だとは思うけれど……私だって、もしも昔からアレックスに恋をしていたら……）

アレックスを好きだと自覚してから、ユリアナの心は驚くほどに狭くなった。

求婚を受けた時には、形だけ娶られた己の分を弁え、きちんと役割を果たそうと思っていた。

自分が彼と床を共にすることもなく、跡継ぎだってアレックスから愛する人との間に出来た子どもを託されるだろうと、本気で考えていたのに……。

――今は、とても無理だ。耐えられない。

万が一にも、アレックスの心が本当は他の女性に向いているのではと思うと、それだけで耐えがたく胸が痛い。

アレックスが愛するのは自分だけであってほしい。勘違いだろうと嘘だろうと、彼に自分以外の女性が愛されているなんて、噂をされるだけでも不愉快だ。

そして……ああ、我ながら最低だ。本当にいるのなら、消えてほしいと思う程に憎い。

そんな自分の荒《すさ》んだ心境を思えば、長年アレックスに恋をしていた彼女達の行動を、簡単に上から目線で非難する気にはなれなかった。

「ユリアナ様。さぞ不愉快だったでしょうが、どうか彼女達へご慈悲を頂けませんでしょうか」

唐突に、ドロテアがユリアナへ向けて深々と頭を下げた。

「わたくしは彼女達と、何度か茶会をご一緒しました。お二人とも、アレックス様を慕うあまりについ魔がさしてしまったのでしょう。普段は決して、このような無礼を口にする人柄ではございません。わたくしからもお願いいたします。どうか、彼女達に一度だけ機会を与えて頂けませんか？」

「え、ええ……ドロテア様がそうおっしゃるのでしたら……」

ユリアナが頷くと、ドロテアは大輪のバラが綻ぶような笑みを浮かべた。

「ご厚情に感謝いたします。貴女がたもユリアナ様の寛大さを心に留め、深く反省なさいね」

彼女の言葉の後半は、エミリーとロレーヌに向けたものだった。

「あ、ありがとうございます！」

「二度と、このような真似はいたしません！」

そそくさとお辞儀をし、脱兎《だっと》のごとく逃げ去って行った二人の姿が視界から消えると、ドロテアがこちらへ向き直った。

「出過ぎた真似をしてしまい、大変失礼いたしました」

「とんでもありません。ドロテア様のおかげで穏便に場を収められ、助かりました」

これはお世辞でも何でもなく、本当だ。

ユリアナの心情とは別に、これからアレックスの妻として社交面で彼を支える役を担うからには、あまり人から軽く見られるわけにいかない。

でも、ドロテアが彼女達を庇ってくれたから、ユリアナは名門公爵令嬢の顔をたてるという形で、穏便に済ませることができたのだ。

「いえ、身分のある御方《おかた》は何かと大変ですもの」

ドロテアがニコリと微笑んだ。

彼女も位の高い家の令嬢だけあって、こういった苦労にはよく遭遇しているのかもしれない。

「それに、実はわたくしも今の件で、ユリアナ様とお話ができる機会を探していたのです」

「ドロテア様も？」

「ええ。先ほどの噂が、わたくしの所にも先日に届きました。ユリアナ様も王族に嫁ぐ以上、このような言われなき誹謗《ひぼう》中傷は珍しくないとご存じでしょうが、誰しも時には心が弱りますから。

これを耳にして気に病んでいらっしゃらないかと、勝手ながら心配してしまいましたの」

「まぁ……ありがとうございます」

ドロテアの優しい気持ちが嬉しく、ユリアナは感激に目を潤ませた。

そして不意に、彼女へティオの件を言いそびれていたのを思い出す。

「ところで、ドロテア様……」

だが、ちょうどその時に昼の鐘が鳴り響いた。

「あら、もうこんな時間！　申し訳ございません、ユリアナ様。わたくし、所用で大至急に戻らねばなりませんの。何か、お急ぎの御用件《ごようけん》でしょうか？」

忙《せわ》しない様子で尋ねられ、ユリアナは慌てて首を横に振る。

決してティオを軽んじているわけではないが、急いでいる時に引き留めるよりも、心に余裕のある時に落ち着いて話した方が良い内容だ。

「いえ。また近々にでも、ごゆっくりお話が出来れば……」

ドロテアが微笑み、両手を打ち合わせた。

「でしたら、数日のうちにお茶へ招待しても宜しいでしょうか？」

「光栄ですわ。ぜひ」

ユリアナはドレスを広げてお辞儀をし、感謝の意を表す。

そして互いに別れを告げ、ドロテアは本殿へ、ユリアナは離宮へと反対の道を帰っていった。


その晩も灯りを小さくした寝室で、ユリアナはアレックスと互いに一糸まとわぬ姿で抱き合っていた。

「あ……ん……ふぁ……」

丹念に舌を絡められていくうちに、全身へ甘い毒のような痺れがじわじわと広がっていく。

舌先が熱を帯び、零れる吐息も自然と熱っぽくなる。

深く口づけながら、胸の頂をきゅっと摘まれる。

「んんっ！」

舌をからめとられたまま、ユリアナは鋭い刺激にくぐもった悲鳴をあげた。

下腹部がきゅうと絞られるような独特の感覚の後、脚の付け根からとろりと蜜が零れだすのを感じる。

湿った場所が刺激を強請るようにヒクヒクと震え、両胸の頂も痛いほどツンと尖って膨らんで来る。

ユリアナの身体は夜毎に教え込まれた快楽をしっかりと覚えこみ、日ごとに感じやすくなっていく。

こうして濡れてきただけで、ゾクゾクと快楽に背筋が震え、奥が刺激を求めて疼きはじめた。

だが、いつもなら愛する人に抱かれる幸福感と快楽に早々と蕩けてしまうのに、今日はどうしても抜けきれない不安が、そうさせてくれない。

(気になっていることを全部、アレックスに素直に聞ければいいのに……)

エミリー達がしていた噂話が、抜けない毒針みたいに心臓へ突きささったまま、じわじわと不安が募っていく。

これほどアレックスから大事にされ、愛しているとか可愛いとか、甘い言葉を溺れそうなほどにもらっているくせに。

だからこそ、最初はユリアナからして契約結婚だと思い込んでいたのに、彼を信じるようになったのではないか。

必死に自分へ言い聞かせようとするも、心の奥ではやけに冷めた自分が、冷徹な反論をする。

――信じているとか口当たりの良いことを言っているけれど、ただ彼に惹かれてしまったが故に、自分の不都合な部分から目を逸らしただけじゃない。

（違う……私は、本当に信じて……）

疑うことなんかない。不安に思う必要もない。

ただ、彼にこう尋ねればいいのだ。

――初めて会話をした時に、『愛のない結婚ができるのなら』と、わざわざ確認したのはなぜ？

あれがなければきっと、ユリアナは今日の噂話を聞いたところで、何の迷いもなくアレックスを信じられた。誰かの作り話だろうと、気にもしなかったはずだ。

「っふ……ん、ぁ……あ、あの……ねぇ、アレックス……」

濃厚な口づけの合間に、息を切らしながら、おずおずと彼を呼んだ。

「ん？」

しかし、ニコニコと上機嫌で頬を撫でてくる彼に聞き返されると、途端に喉が詰まったように声が出なくなる。

「……いいえ。ちょっと、呼びたくなってしまっただけ」

ゆるゆると頭を振り、彼に抱きつく腕に力を籠《こ》めた。

四阿でドロテアと別れた後、離宮に戻ったユリアナは内心酷くざわついていたが、極力何でもない素振りをするよう努めた。

その甲斐あって使用人達には特に訝しまれなかったものの、アレックスには少しバレそうになった。

今夜、彼は微笑んで出迎えたユリアナを見るやいな眉を寄せ『無理をしているようだが、具合が悪いのか？』と案じてくれたのだ。

そして、医者を呼ぶまではなくとも疲れているのなら、無理に抱いて負担をかけるつもりはないとも言った彼に、今までなら優しいとただ感激していたはずだ。

でも今日は感激どころか、ゾワゾワと形容しがたい不安と焦燥感が沸きあがり、信じられないことにユリアナの方から、抱いてほしいと必死に縋っていた。

打ち消しても、打ち消しても、嫌な考えが頭から離れない。

『愛している』と囁き、優しくユリアナを抱きながら、アレックスが本当に見ているのは別の人なのでは？

ユリアナは所詮、彼が本当に愛して結ばれたかった人の、代用品として愛されているに過ぎないのでは……？

「ん……ぁ、ふ……」

恐ろしい不安から逃れたくて、夢中で彼に裸身を擦りつて、熱心に舌を絡めた。

問題の解決に向けて行動しようともせず、ただうじうじ悩んでいるなんて、愚かしいと思う。

けれど、一度得たと思った愛を失うのは、想像しただけで信じられないほどに怖かった。

その恐怖を紛らわせたい。今は、アレックスの与えてくれる熱に浮かされて、一時でいいから何もかも忘れてしまいたい。

「っは……ユリアナ、急にどうしたんだ？　今日は本当に積極的なんだな……」

互いの唇を銀色の細い唾液の糸で繋ぎ、アレックスが情欲に掠れた声を発した。

ユリアナを見る彼の両目には、抑えがたい欲情が浮かんでいるが、純粋に驚いてもいるようだ。

「ええと……特別に、何かということはないのだけれど……」

羞恥に頬を染めながら、ユリアナはおずおずとアレックスを見上げた。

「ただ、その……私だって貴方が好きだから、沢山触れたいと思うのは駄目かしら？」

「駄目なわけがないだろう」

途端に、満面の笑みとなった彼に強く抱きしめられた。

「ユリアナがそう思ってくれるなんて、最高に嬉しいに決まっている」

アレックスがユリアナに頬ずりし、恍惚めいた囁きを耳に注ぎ込んで来る。

「積極的な君も、可愛くてたまらない」

アレックスがニヤリと笑い、両の乳房を手で覆う。

たっぷりした質量を楽しむかのように掬い上げ、たぷたぷと何度か揺らしてから、彼の指に力が籠もった。

力の強弱をつけ、大きな手が柔らかな膨らみを丹念に揉みしだく。

「んっ」

赤く膨らんだ先端をきゅっと摘まれ、軽い痛みと強い疼きが走った。

白い乳房が彼の手のうちで柔軟に形を変え、先端を弄られるうちに、疼きはどんどん増していく。

むず痒いような、もどかしい熱がそこから沸き上がり、身体の奥へ向かう。

いつも彼を受け入れている場所が、熱く脈打って潤み、新たな蜜が零れだした。

「ふ、ぅ……っは……ぁ」

胸の先端を生温かい口腔に含まれ、舌で転がして舐めしゃぶられる。

ゾクリと快感に肌が粟立ち、身体の芯がむずむずと疼いてユリアナは身悶えた。

疼きの中心である蜜口が、閉じた両足の奥で快楽を強請《ねだ》り、ヒクヒクと震えている。

すでに内腿はべっとりと透明な蜜に濡れ、耐え切れずに腰を揺らしてしまうと、アレックスが嬉しそうに口の端を吊《つ》り上《あ》げた。

「腰が揺れている。こっちも早く欲しくなったのか?」

あけすけな指摘に、ユリアナの頬が熱くなった。

「ち、違……っ!」

「ふぅん」

反射的にしてしまったユリアナの否定が、本心でないなどアレックスにはお見通しのようだ。

膝の裏に手をかけられ、強い力であっさり開かれた脚の間に、彼が身を潜り込ませて閉じられないようにする。

「ここはいやらしくヒクヒクついて、早く欲しそうに見えるのに」

触れるか触れないかの加減で太腿に手を這わされ、もどかしい刺激にユリアナは息を詰めた。

「っはぁ……」

じらすような動きに、たまらず熱っぽい吐息を漏らしてしまう。

手触りを楽しむかのように、彼は散々ユリアナの太腿を撫でまわしてから、ようやく脚の付け根へと触れた。

「あっ、ん！」

くちゅ、と濡れた音を立ててそこに触れられ、焦らされ続けていた身体が大きく跳ねる。

「凄いな……触れた途端に、一気に蜜が溢れてきた」

「あっ、あ……や……恥ずかしい、から……」

羞恥に耳を塞ぎたくなるも、割れ目をなぞるようにゆっくりと指を往復され、たまらない刺激に思わず指を噛む。

まだ、軽く触れられただけだ。

なのに、鮮烈な快楽が身体を走り抜け、耐えがたく湧き上がる淫靡な熱に瞳が潤む。

処女を散らされてから半月と経っていないのに、夜毎アレックスの手で執拗に快楽を教え込まれ、ユリアナの身体は酷く淫らに作り替えられてしまった。

彼が滲みだした蜜を掬《すく》いとり、指先で円を描くように動かしては花弁に塗りこめていく。くちくちと響く淫らな音がユリアナを煽り、身体をいっそう疼かせる。

「ん、ん……あっ、はぁ……っ……」

指を大きく滑らされるたびに、行き場のない熱が下腹部に膨らんでいく。

ジクジクと疼く秘所がとめどなく蜜を吐き出して敷布を濡らし、身体の奥がもっと強い刺激を望む。

ユリアナは切なく胸を喘がせ、無意識に快楽を求めて腰を揺らめかせていた。

上気した白い肌がしっとりと汗ばみ、淡い桃色に染まってアレックスの目を楽しませるのに気づく余裕もない。

「ああっ！」

ちゅぷん、と指を一本差し込まれて、頭が痺れるような快楽に高い声を放った。

待ちかねた刺激に反応し、蜜壁がきゅうっと収縮して彼の指を締め付ける。

「ユリアナのここは素直だな。少し焦らしただけで、火傷《やけど》しそうなくらい熱くなって、こんなにきつく締め付けてくる」

羞恥を煽るような囁きに、いっそう興奮を呼び起こされた。

ビクンと肩が震え、ユリアナの中がいっそう窄《すぼ》まって彼の指に吸い付く。

「自分で解るか？　もっと、奥に欲しいと誘うようにヒクヒクしている」

クスリと笑ったアレックスに、耳朶をねっとり舐めて囁かれた。

「あ……そんな、聞かない……でっ……」

彼の指を締め付けているところが、淫らに痙攣しているのを殊更に意識してしまう。

ゆっくりと、蜜壺に深く指が沈められていく。

にゅぷ、ぬちゅ、と濡れた柔らかな襞を擦り、隘路を何度も出し入れされ、知りつくしたユリアナの感じる場所を的確に攻められる。

増やされた指が内部で巧みに蠢き、溢れ出る愛液をじゅぷじゅぷと掻きだす。

淫らな快楽の攻めに、ユリアナは身をくねらせ、爪先で敷布を踏みしめる。

「あ、あぁ……は……アレックス……もう……」

「もう、何？」

少し意地悪な笑みを浮かべ、アレックスが蜜壁の良い所を刺激しながら、親指で花芽をぐりぐりと押してきた。

「っあぁ！」

あまりの刺激にユリアナは背をのけ反らせ、高い嬌声を放つ。蜜と汗に濡れた内腿がブルブルと震え、快楽の絶頂が近いのを知らせる。

「ん、ん、んっ……」

切れ切れに啼き、ユリアナはきつく目を瞑った。のけ反って突き出した乳房が、フルフルと揺れる。

だが、苦しいほどに溜まった快楽の熱が弾ける寸前で、アレックスはズルリと指を引き抜いてしまった。

「あ……」

秘所へ与えられていた快楽がなくなり、ユリアナは思わず物欲しげに彼を見つめてしまう。

「ユリアナ、私が欲しい？」

耳の奥に注ぎ込まれた誘惑に、ユリアナの喉がコクリとなる。

もっと、気持ちよくなりたい。

頭が真っ白になる、あの鮮烈な快楽を与えてほしい。

……そして、アレックスにも、自分の身体で気持ちよくなってほしい。他の誰でもなく、ユリアナを抱くことで満足感を得てほしい。

あさましくも痛切な欲求に、理性の糸が切れる。

「欲しい……アレックスが欲しいの」

コクコクと夢中で頷いた。

彼に足を持ち上げられ、濡れそぼった秘所に、熱い昂《たか》ぶりが押し当てられる。

くちゅ……と、先端で軽く花弁の合間を擦られ、背筋を走り抜けた愉悦に肌が泡立つ。

息を詰めて期待をした瞬間、十分に解れて蕩けきった内部を、熱く硬い杭で一息に貫かれた。

「────っ！」

声も出ず、ユリアナは大きく叫ぶ形に口を開け、限界まで背をのけ反らせる。

待ち焦がれていた刺激を与えられ、焦らされ続けた身体は呆気なく屈した。

媚肉を擦り上げて奥まで貫かれた。ただそれだけで達してしまったのだ。

予想を遥かに超える激しい快楽に、ユリアナは涙を零して全身を震わせる。

「あっ、あ、あぁ……」

衝撃で頭の中が白くなったまま、必死でアレックスに縋りついた。

「っ……ユリアナ……そんなに締め付けられると……」

アレックスが苦しげに呻き、ユリアナを抱きしめる。

ビクビクと痙攣して彼を締め付ける柔肉を抉るように、ぐり、と腰を押しつけてきた。

「は、あ……アレック……あぁ……っ」

あまりの気持ち良さに、舌がもつれて言葉にならない。

「我慢できない……動くぞ」

欲情に上擦った声で宣言され、一旦腰を引いた彼が、今度は思い切り奥へと突き入れる。

「い……いや！　今……駄目ぇ！　あああ！」

子宮口をグリグリと突かれ、目の前に火花が散った。

達したばかりの敏感な身体は、また簡単に愉悦の極みに押し上げられる。

「あっ、ああ！　また……やっ、あああ！」

「ここも、感じるんだったな」

まだ内部の痙攣も収まらないうちに、はぁはぁと息を乱すユリアナの腰を、アレックスが持ち上げる。

「ひっ、ああっ！　あっ！　もぅ、無理……！」

感じる箇所を的確に突かれ、快楽にむせび泣きながら彼に縋りつく。

感じ過ぎて辛いのに、快楽を貪って腰が揺れてしまうのが止められない。

ユリアナが何度か連続で達し、ぐったりとしたところで、ようやくアレックスは動きを止めてくれた。

彼が上体を寄せ、涙でぐしゃぐしゃになった頬をペロリと舐められる。

「ユリアナ、愛してる」

蕩けそうに甘く囁かれ、快楽に痺れていた身体にゾクリと冷たいものが走った。

「あ……アレックス……」

いつもならユリアナも幸せで恍惚となり、自分も愛していると躊躇《ためら》いなく答えられたのに、今日は言葉が喉に貼り付いたように声が出ない。

快楽に溺れながらも心臓の奥には、彼に本当に愛されているのかという不安が渦巻いている。

そんな自分に、愛しているなんて言う資格はないように思えた。

代わりに、ユリアナはアレックスの首を引き寄せる。

唇を合わせ、ドキドキしながら初めて自分から深く口づけてみた。

「はっ……本当に、今日は積極的になってくれるんだな」

「ん……ふ……」

懸命に舌を伸ばして彼の舌へ絡めるが、苦しくなってじきに離してしまう。

乱した息を整えていると、アレックスに顎を掴まれた。

今度は彼の方から唇を塞ぎ、息もつかないほど激しく口腔を貪られる。

「んっ……ん、ん……」

飲み込み切れない唾液が溢れ、息が苦しくなったが、それ以上に様々な感情で胸が苦しい。

アレックスに恋をして、とても幸せな気分になれた。

でも、恋をしないまま形だけ娶られたと思っていたなら、こんな風に噂一つで彼に疑いを抱いたり、醜い嫉妬も苦しい思いもせず、何を聞いても平然とできていたのに。

(もう嫌……何も考えたくない……)

不安な心に追い立てられ、夢中でアレックスに縋りつく。

真相がどうであっても、彼は正式にユリアナと婚約の手続きをとった。実家への融資もきちんとしてくれ、後継ぎを望んでユリアナを抱く。そこに不都合は何もない。

余計な質問をする必要も、考える必要もない。

アレックスは優しく、ユリアナを愛していると言ってくれるのだから、それで十分ではないか。

無理やり自分に言い聞かせる。聞くのが怖いなんて、それすら考えたくない。

「は、あぁ……アレックス……いっぱい抱いて……思い切り抱いてほしいの……」

熱に浮かされたように囁き、彼を煽った。

勢いを増した彼の動きに合わせ、自分も腰を揺らして身体の熱を高めていく。

縋って、煽り、吐き出された熱い精を中で受け止めても、まだ離れがたかった。

アレックスも一度では満足しないでくれたのに、歓喜する。

今はただ、何も考える余裕がないくらい、滅茶苦茶に抱き潰してほしい。

夢中で抱き合い、意識が途切れるまで求め続けた。


激しい情交の末、糸が切れたようにユリアナは寝入ってしまった。

アレックスは彼女の身体を簡単に清め、新しい寝衣を着せて敷布も手早く替える。

本来であれば、貴族の男は行為が終われば使用人を呼び、自分の寝所へ戻るものだ。

そうはいっても、アレックスは伝統的な決め事より、自分の欲望に忠実だ。

日中にユリアナとなかなか二人きりの時間がとれないのだから、せめて寝所でくらい朝まで一緒にいたい。

貴重な時間にメイドを入れるくらいなら、自分で寝台くらい整える。

（……こんな風にできるのも、元はと言えばユリアナのおかげだな）

ぐっすりと眠るユリアナの髪をそっと撫で、アレックスはクスリと笑った。

彼女と出会う前の自分ときたら、それこそ本を読んだだけで、世の中を何でも知ったつもりになっていた。

昔から隔離されて育ったアレックスの世話を一手に引き受けていたエマが、毎日毎日どれだけの仕事をしているのか、何年も見ていながら気にかけもしなかったのだ。

部屋は常に整って塵一つなく、飲みたければすぐにお茶が用意され、好きな時に湯浴みができるのが当然で、その陰にどれだけの労力があるのか考えた事もなかった。

反して、ユリアナも使用人にかしずかれる貴族令嬢だったが、彼女はそれをただ安穏と受け流さなかった。自分がなぜ快適に過ごせているのか、ちゃんと現実を見ていた。

それは成長した今も変わっておらず、離宮の使用人は自分たちの仕事ぶりをきちんと評価し、何かと気遣ってくれるユリアナをとても好いている。

だから今日の昼間、ユリアナの部屋付きメイドが思いつめた様子でアレックスへ進言にきた。

『アレックス様が急にユリアナ様と婚約なさったのは、先日の帰国後に、誰かからの手紙で愛のない結婚をするよう促されたせいだと、一部の令嬢や使用人の間で噂が流れております。真相がどうであれ、ユリアナ様の耳に入ればさぞご気分が悪くなるでしょう』

それを聞き、背筋を冷や汗が流れた。

普段なら、ユリアナの手紙は誰にも見られないよう、夜中に密偵から受け取って自室で読む。

だが、あの時は彼女の婚約を知って気が動転し、城の裏手ですぐに受け取って読んだのだ。

他の誰かの指示でユリアナを娶ったなんて大間違いだが、アレックスの行動を表面だけ盗み見た者なら、そう勘違いしても仕方ない。

アレックスにできるのは、必死で内心の動揺を抑え込み、メイドへ苦笑してみせることだった。

『ああ、帰国してすぐに手紙を受けとった覚えはある。、子ども時代に世話になった恩人が不幸に見舞われたという知らせだった。私が昔の事を詮索されるのは嫌いだと告知しているだろう？だから人目に付かない場所で読んでいた』

『そ、そうだったのですか』

『私の独り言については完全に捏造《ねつぞう》だな。盗み見した者が、偶然にもその直後に決まったユリアナとの婚約にこじつけ、面白い噂になるよう吹聴《ふいちょう》したのではないかと思う』

『そのような噂に惑わされて御耳にいれてしまったなど、不敬でした。申し訳ございません』

『いや。ユリアナへの忠義から勇気をもって進言してくれたのに感謝する。これからも何か不穏な情報があれば教えてくれ。根も葉もない噂だろうと、あまりタチが悪いものは早めに潰すに限る』

恐縮しきって何度も頭を下げるメイドを、アレックスは鷹揚《おうよう》に労《ねぎら》って帰した。

実際、ユリアナは子ども時代にいじけていた自分を救ってくれた恩人で、ゼルニケのような男と婚約した不幸に見舞われていたという内容の手紙だった。自分の独り言が捏造だと断言したこと以外は、一応全て真実だ。

躍起になって噂を否定するよりも、手紙を読んだなど一部は認めたうえで都合の良いように説明し、流した者を人騒がせな嘘つきだと笑い飛ばせばいい。その方が、人は納得するものだ。

噂を流した者は、嘘つき呼ばわりされて腹をたてるだろうが、確かに自分が盗み見をしましたなんて名乗り出られるわけはないのだ。

(――むしろ、怒って尻尾を出してほしいものだ。どこの密偵だ?)

眠るユリアナの隣で、アレックスは寝台に腰を降ろして思案する。

あの手紙を読んでいた時、自分が相当に冷静さを欠いていたのは確かだったが、傍には密偵がまだ控えていた。

長年兄王に仕えてアレックスに関する諸事情も知っている彼が、今さらになってこんな噂を流すはずもなく、また簡単に盗み見を許すような無能でもない。

だが最近、どこかの貴族が相当に有能な密偵を仕入れたようなのだ。

大貴族がお抱えの密偵を持つのは普通でも、王宮に忍び込ませるのはれっきとした反逆行為だ。

王家としてもそれを許さぬよう、優れた密偵を何人かもって王宮を守らせているのだが、少し前から何者かがそれをかいくぐっている。

具体的な例をあげれば、ゼルニケの逮捕が散々に難航したのも、証拠の盗難などで妨害が入ったからで、王宮密偵の長はそれを見つけ出さんと血眼になっている。

何度か怪しい密偵を追い詰めたのだが、すぐに自害されてしまい、雇い主は解らなかった。相当な資金力を持ち、有力な貴族にも顔が利く人物だと察せられるのみだ。

また、今回の噂から、ユリアナの婚約を疎ましく思う人物の可能性も追加された。

(もしもこれが、私より先にユリアナの耳に入っていたら大変だった……)

今日はその件で兄王と話し込んでいたから帰宅が遅く、ユリアナはとうに寝所で待っていた。

いつものように明るく振る舞いながら、何となく無理をしているように感じてギクリとしたが、心配は杞憂《きゆう》だったらしい。

ここ最近、アレックスと夕食を共にするのに慣れていたから、我が侭と承知で少し寂しかったのだと、おずおずと告げられて有頂天になってしまった。

しかも、その証拠とでも言うように普段は性に控えめな彼女が、今夜は信じられないほど熱烈にアレックスを求めてくれた。

「ん……」

眠っているユリアナが微かに呻き、何かを探すように手を彷徨わせる。

アレックスは彼女の隣に横たわり、その手を自分の背に回させた。

すやすやと寝息を立てるユリアナの手が、自分の寝衣をきゅっと握りしめる。ゾクゾクと歓喜のままに彼女を抱きしめた。

「ユリアナ、愛している」

そのままアレックスは目を閉じ、穏やかな幸福感に酔いしれていたから、眠ったまま抱き着くユリアナがとても寂しそうな表情で、一滴だけ涙を落としたのには気づかなかった。


今日は朝から分厚い雲が空を覆い隠し、しとしとと雨が降り続いている。

ユリアナは自室の窓辺から、ぼんやりと陰鬱な鉛色の空を見上げた。

(これではアレックス様も、ティオを宥めるのに一苦労でしょうね)

翼竜は基本的に、雨天で飛ぶのを非常に嫌がる。

それでも必要があれば、どんな悪天候でも竜騎士を背に乗せて果敢に活躍するのだが、やはりご機嫌はよくないらしい。

初夏祭りの前日に見た、ティオに乗って悠々と気持ち良さそうに青空を飛んでいくアレックスの姿を思い出し、何ともいえないわびしさにユリアナは眉を下げた。

溜息をついて、子どもの頃から見慣れた天井を眺める。

四阿の件から半月が経ち、ユリアナは今、城下の実家に帰省しているのだ。

――例の噂はアレックス自身の耳にも入ったそうで、彼はあれを誤解だときっぱり否定した。

しかし、内密の手紙は恩人の不幸を知らせるもので動揺していたとか、もっともな説明をされたのに、ユリアナのモヤモヤは消えなかった。

だって、彼の返答を考慮したところで、愛のない結婚ができるのなら自分としてくれなんて、おかしな求婚をする理由にはならないからだ。

もっとも、他の面では全て順調だった。

四阿でドロテアと会った翌日に、彼女からさっそくお茶の招待を受けたのだ。

当主が大臣を務めているレインデルス家は、城の本殿に滞在部屋をもらっている。ドロテアはそこに住んでおり、非常に感じよくユリアナをもてなしてくれた。

楽しく場を盛り上げる話術や、仕草の一つをとっても、彼女は文句なしに一流の淑女である。

しかも名門公爵家の令嬢とあれば、身分も人柄も能力も王弟殿下の妻に相応しい。

実際にドロテアは一時期、アレックスの最有力な婚約者候補と囁かれていた。

ただ、ドロテアから内密だと聞かされたところ、彼への縁談は父親が勝手に持ち掛けたもので、失礼だがアレックスは自分の好みには外れるから、断られてホッとしたという。

また、ユリアナがティオはとても人懐こくて繊細な心の持ち主なのだと伝えると、『そうなのですか。翼竜は慣れた者でなければ怖いと思いこんでいました。もしも機会があれば、翼竜の宿舎に行って、アレックス様の竜を見てみますわ』と、微笑んでくれた。

彼女は既にティオと間近で会っているはずだが、ロビーに言ったようにそれを内密にしたいようだ。遠縁とはいっても、他所の家庭内のゴタゴタ絡みだから、あまり言いたくないのも解る。

とにかく、これで彼女が翼竜に関する認識を改めてくれれば幸いだ。

そうやって問題なく日々を過ごし、アレックスにも変わらず毎晩抱かれ、自分はとても恵まれた幸せ者だと思った――思おうと、頑張ってみた。

だが、どうしてもモヤモヤとした気分は晴れず、日に日に彼を見るのが辛くなる。

段々と元気のなくなっていくユリアナを、アレックスはとても心配して気遣ってくれた。

具合が悪いなら医師に見せようかと尋ねたり、綺麗な花束や美味しい菓子を差し入れたり、元気づけようとティオの背に乗って部屋の窓から訪ねてみせたり……。

壊れ物を扱うように優しく抱き、月の障りが来た間も、添い寝だけしたいと言い優しく抱きしめてくれた。

必死で普通に振る舞おうとしたが、明らかにやつれてきたユリアナを離宮の使用人も心配し、ドロテアにも『環境変化や婚礼準備で疲れていらっしゃるのでは？』と言われてしまった。

彼女にはあれからも何度かお茶に招かれていて、すっかり親しくなった。

大丈夫だと言ったのだが、ドロテアはよほど心配したようだ。無理にでも一度帰省して社交シーズンに備えるべきだと、滾々《こんこん》とお説教されてしまった

秋から冬にかけて、ベルネトスでは貴族の社交シーズンが始まる。

婚約したばかりのユリアナはアレックスのパートナーとして、今年は特に多くの宴に招かれるはずだ。結婚式はその最中に行われるのだし、多忙になるのは目に見えている。

そこへ体調管理が不十分で倒れでもしたら、アレックスに迷惑をかけ、ユリアナも何かと非難を受けてしまうと熱心に説得され、返す言葉がなかった。

意地を張って無理をして平気なふりをしていても、それはただの自己満足だ。

ドロテアの言う通りなので、帰省できるようアレックスに頼むと決めると、彼女は安心したように優しく微笑んだ。

『休息は必要ですもの。ただ、わたくしごときがユリアナ様へ偉そうに説教したなど、アレックス様は不愉快に思うかもしれません。どうか、御自分で決めたことにしてくださいな』

彼が人の厚意を悪くとるとは思わなかったが、気にするなら内緒にすると約束し、アレックスに最近の不調は少し家が恋しくなったのだと相談すると、彼は快く帰省に賛成してくれた。

『正直に言えば離れるのは寂しいが、ユリアナが元気になれるのが一番だ。それに私もちょうど急用が入ってしばらく留守にするので、その間はご家族と過ごしてもらった方が安心できる』

そういうわけで、昨日の朝にアレックスが竜騎士団を率いて城を出るのに合わせて、ユリアナも実家へ帰省したのだ。

「――お姉様、入ってもいい？」

不意に、可愛い弟の声と共に、部屋の扉がノックされた。

「どうぞ、ミシェル」

ユリアナが返事をすると、すぐに扉が開いた。

「約束通りに、お勉強をちゃんと頑張ったよ！　遊んで！」

玩具の入った箱を持ったミシェルが、笑顔で飛び込んできた。その後ろに、若干心配そうな子守りメイドが付き従っている。

「お嬢様、休養で帰宅なさったというのに、お休みになっていなくて本当に宜しいのですか？」

「構わないわ。一人でぼうっとしているより、ミシェルと遊ぶ方が良い休養になるもの。私の楽しみだと思って、お茶の時間まで下がっていて」

「かしこまりました」

子守りメイドは顔をほころばせ、ふとユリアナが手に持っているものへ目を止めた。

初夏祭りでアレックスと揃いで買った、手編みのブレスレットだ。

「あら、それをお買い求めになったのですね」

「ええ。先日にアレックス様と少しだけ城下へご一緒して、たまたま屋台を見つけたから……」

ブレスレットを握りしめ、言い訳がましく、もごもごと口籠ってしまう。

ユリアナは魔法使いでも、特別な力を持つ聖女でもないから、人の混じりけない本心を正確に見抜くなどできない。

ただ、これを『ユリアナとお揃いの宝物』と言った時のアレックスは、嘘や誤魔化しで言っているようには、どうしても見えなかった。

心が不安に揺れ動く中、部屋にいる時はしょっちゅうこれをお守りのように握りしめていて、短い帰省にも大切に持ってきたのだ。

「そうですか、とても素敵な色合いですね」

ニッコリ笑った子守りメイドは、ユリアナにこのブレスレットを教えてくれた本人だ。気の利く彼女は、ユリアナの様子から詳しく聞かない方が良いと察してくれたらしい。それ以上の追及をせず、お辞儀をして退室した。

メイドが出ていくと、ユリアナはブレスレットをドレスの隠しにしまい、窓辺に寄せていた椅子を丸テーブルへ戻す。

ミシェルは早くもテーブルの上に、お気に入りの遊戯版と白黒の小石を並べ始めていた。

幾何学模様に描かれた線の上にそれぞれ自分の石を置き、相手の石を奪う昔ながらのゲームで、単純に見えて意外に奥が深い。

「お父様は忙しくて遊んでもらえないし、お姉様もいなくなっちゃって、つまらなかったんだ」

ミシェルが頬を膨らませ、ユリアナは苦笑した。

この幼い弟は、チェスでも何でもこうした盤上遊戯全般が強い。子守りメイドではとても相手にならないわけだ。

ユリアナもこの手のものは大得意だが、家を出る頃には既にミシェルとは互角に勝負していた。きっと近いうちに敵《かな》わなくなるだろう。

「ミシェルと勝負するのは久しぶりね。前より強くなっているでしょうけれど、まだまだ負けないわよ」

ほがらかな気分で駒を持ち、やはり実家での休養を決めて正解だとユリアナは思った。

そして、張り切ってゲームを開始したのだが……。

「さ、お姉様の番だよ？」

「う……」

盤を眺める、ユリアナは自分の顔が引き攣るのを感じた。

場合によれば一瞬で勝敗がひっくり返るのがこのゲームの醍醐味《だいごみ》である。でも、さっきまでユリアナの勝利は目前だったのに、まさかの一手を打たれて完全に詰んだ。

次にどこに打っても、ユリアナの負けは確定である。

「完敗だわ。ミシェル……本当に強くなったわね」

テーブルの向かいでニコニコしている可愛らしい弟へ、感嘆を込めて負けを告げる。

「お姉様が帰ってきたら驚かせたくて、一生懸命勉強したんだから！」

ミシェルが自分の椅子から降り、急に飛びついてきた。

「お姉様に会いに行きたかったけれど、お城で忙しいだろうし、アレックス様と幸せに暮らしているから邪魔しちゃいけないって、お父様とお母さまに言われたんだ」

ユリアナの膝元に顔を埋めたミシェルの表情は見えないけれど、声と小さな身体が泣きだしそうに震えている。

「お姉様が幸せなら良いけど、僕は忘れられちゃったのかと思ったら、凄く悲しかった」

「そんな！　こんなに可愛い弟を忘れるはずがないじゃない」

ユリアナは驚いたものの、ふと気が付いて「あ……」と小さく声をあげた。

――『ユリアナ……お願い。ここを離れても、私を忘れないで』

懐かしいレティの声が脳裏に響く。

もう十年も昔のことだけれど、不安をいっぱい孕《はら》んだ勿忘草色の瞳は、今も記憶にはっきりと焼き付いている。……内緒だけれど、あの時には少しばかりムッとしたものだ。

レティはユリアナを、そう簡単に親友を忘れると思うくらいに信用していないのかと……。

でも、幾ら大好きな相手だって、他人の心を全て読み取れるはずはない。

誰しも時には、些細《ささい》な事で自信を無くし、不安に襲われるのではなかろうか？

(私だって……)

あんなにも毎晩、アレックスと語らって彼に惹かれるようになりながら、ちょっと不安が芽吹いたら簡単に疑い出した。

どこに引っかかりを覚えるのかはっきりと自覚しているくせに、聞くのが怖いとウジウジ悩み、疑いだけ向けているのでは解決のしようもない。

(アレックスが戻ったら、勇気を出して私が気にかかっている部分を、きちんと尋ねてみよう)

胸中で決意を固め、ユリアナは顔を隠したままのミシェルの頭を、そっと撫でた。

「ミシェルを忘れた日なんか無かったわ。でも、忙しくても手紙くらい書けたはずなのに……本当にごめんなさい」

昨日、ユリアナが帰宅すると両親も大喜びで迎え、随分と久しぶりだと涙ぐんでいた。

王宮での生活は慌ただしかったから、自分が家を出てから既に二ヵ月以上も経っているのを承知していても、それほど長い期間だといまいち実感していなかったのだ。

心を込めて詫びると、ようやくミシェルが顔をあげた。

「ううん。お姉様は僕を忘れたりしてなかったから、もういいんだ」

少しバツが悪そうに笑ったミシェルにユリアナは笑い返す。

「この休暇中は思い切り遊ぶわよ。ねぇ、もう一度さっきのをやりましょうよ」

「いいよ。でも、何度だって負けないから」

「あら？　私も今度は負けないつもりよ」

軽口を叩いて笑い合い、次の試合を開始する。

慎重に一手を打ちながら、ユリアナはすっかり自分の心が軽くなっているのを感じた。


「――お嬢様。ただいま王宮から、緊急だと使いの方が参られたのですが」

困惑顔のメイドがその手紙を持ってきたのは、ユリアナがもう五戦ほどミシェルに惨敗した直後だった。

「緊急？　王宮のどなたから？」

力なく突っ伏してしたユリアナは、ただ事ならぬその単語に、ガバッと身を起こす。

「解りません。他言無用で早急にお読みいただくよう、厳命を頂いていると……」

銀盆に乗せられた上質の封筒には、最新式のタイプライターを使用したと思しき字体で、ユリアナの名前が印字されている。

「解ったわ。ミシェルをお茶に連れて行ってちょうだい」

ユリアナは手紙を受け取り、何度も不安そうに振り返るミシェルへ笑顔で手を振った。

「大丈夫だから、ミシェルは何も心配しないで」

努めて明るく弟に言ったものの、扉が閉まるなりユリアナは引き出しから愛用のペーパーナイフを取り出し、飛びつくように封を切った。

中には、やはりタイプ打ちされた数枚の便箋が折りたたまれていたが、それを開くとキラリと輝く群青の小さな鱗が現れた。

「ティオの鱗……」

何度も間近で見て触れている、この硬くて美しい鱗を見間違えようもない。

ユリアナは鱗を握りしめ、急いでタイプされた手紙の文章へ目を走らせる。

手紙にまず記されていたのは、出先で利き腕を傷めてしまったため、タイプ打ちで失礼するとの詫びだった。

重要な手紙は、確かに差出人からだという証拠に、直筆で書くのが基本だ。

しかし、今はサインも難しいのでティオに鱗を一枚剥がしてもらい同封したと読み、ユリアナは心臓が握り潰されそうに苦しくなった。

翼竜は本来、定期的に剥がれ落ちる鱗を巣穴に蓄《たくわ》えるが、自分の気に入っている人間には渡してくれると、以前にロビーから聞いた。

竜騎士団の翼竜から集めた鱗は、ロビーが責任もって全て厳重に保管しているから、ティオの鱗を手紙に同封できるなどアレックスだけで、筆跡証明の代わりに申し分はない。

けれど、サインもできず鱗を証拠に同封するしかないなど、相当に酷い怪我ではないか。

詳しい怪我の度合いが書かれていないだけに、余計に悪い方へばかり想像が膨らみ、足元がふらつきそうになる。

（動揺している場合ではないわ。まずは手紙をしっかり読むしか、私にはできないのだから！）

己を叱咤して手紙を読み進めたユリアナだが、その内容に思わず身震いをした。

アレックスが急に竜騎士団を率いて城を出たのは、ユリアナの父も被害に遭った、例の詐欺事件に関するものだという。

捕えた相手はやはり、極秘に発掘されていたマリスフィードの魔術書を所持しており、自害してしまった。

マリスフィードは己の作った魔導書の表紙に、他には真似のできない魔力のサインを記すので、専門家でなくとも多少の知識があれば本物とすぐに解る。

ただ、本来なら犯人の遺骸と魔導書を城に持ち帰れば終わりだったのに、諸事情からそれが出来なくなり、ユリアナに魔導書を内密で預かってほしいと、手紙には記してあった。

『――王宮の極秘事項にも関わるので、部下を二手に分けて手紙と魔導書を別々に運ばせる。ユリアナの家族も巻き込まれぬよう内密に受け取り、私が行くまで預かってほしい。そして無事に受け取った証拠に、ティオの鱗とこの手紙は魔導書と引き換えに渡してくれ――』

家族を巻き込まれぬように、というくだりで背筋が凍り付きそうになった。

自分はアレックスを愛しているから、彼のためならきっと命も投げ出せる。でも、両親や可愛い弟まで巻き込むなんて耐えられない。

ティオの鱗と手紙をドレスの隠しに入れ、ユリアナは階下に降りると、お茶をしていた弟と母に、後ろめたい気分で嘘の外出理由を告げた。

「婚礼準備に手違いがあったらしくて……すぐに済むそうだから、少しだけ城に戻るわ」

外に出ると、待っていた御者はありふれた御者帽子を目深に被って顔が見え辛かったが、どうも竜騎士団では見覚えのない人のように思えた。

しかし、御者はユリアナを見ると襟の内側を少しめくり、そこにあるブローチをチラリと見せた。特別な紋章を刻んだブローチは、国の重鎮たるレインデルス家のものだ。

「……今回は特別に、竜騎士団と御一緒に活動しております」

男は殆ど聞き取れないほどの囁き声で言い、ユリアナへ早く乗るよう仕草で示した。

「え、ええ」

驚いたが、ユリアナは素直に馬車へ乗った。

ドロテアの父であるレインデルス公爵は、厳しくも公平な人格者と評判の高い人物だ。貴族の不正が当たり前に横行していた前王の治世ですら、特権を笠《かさ》に暴利を貪ったりしなかったそうだから、ベルント陛下やアレックスの信頼が厚いのも頷ける。

(それにしても、まさかこんな用件であそこへ行くことになるなんて……)

窓を覆うカーテンを少しだけ開き、街並みを眺める。

指定された場所は、アレックスと初めて会った場所——元ゼルニケ侯爵邸だ。

もっとも、ゼルニケは逮捕された後で獄中自殺をしてしまい、屋敷も王宮の管理下に置かれて立ち入り禁止だと聞く。

竜騎士団は警備隊とは違う管轄のはずだが、あの逮捕劇にはアレックスも協力したのだから、そこなら安心して受け渡しができると考えたのだろう。

出来れば二度と足を踏み入れたくない場所だったが、緊急事態に贅沢《ぜいたく》など言えない。

馬車は当然ながら、王宮のものでもアレックスの持つ公爵位のものでもなく、ありふれた辻馬《つじば》車《しゃ》なので、注目を引くこともない。

適度な速度で走った馬車はほどなく目的地につき、数か月前にユリアナがアレックスにこっそりと連れだされた、人目につきにくい裏門の方へ停まる。

そこには既に、目立たない小型の馬車が一台止まっていて、ユリアナが止まると御者同士は軽く頷きあった。

「ユリアナ様。魔導書を持ってきた者は、鍵を開けて玄関ホールでお待ちしています。しかし、私は馬車を見張る必要があるので、恐れ入りますがここからはお一人でお願いいたします。」

ユリアナが馬車を降りると、御者は布の中からくぐもった声を発し、申し訳なさそうに身を縮めた。

「玄関ホールで魔導書をお預かりして、すぐに戻れば良いのね？」

「左様でございます。怪しい者が近づかぬよう表門にも見張りがいますし、ここでも見張っておりますのでご安心ください」

「解ったわ」

若干心細いのを我慢し、ユリアナは頷いた。

裏門にも立ち入り禁止の札が下がり、太い錠前付きの鎖が下がっていたが、鍵は開けられていた。

取っ手を押すと、門は錆《さ》びついた音を立てて開き、ユリアナは恐る恐る中へと踏み入れる。

たった数か月でこれほどかと驚くほど、屋敷の庭は雑草が伸び放題で荒れていた。

婚約披露を行った晩は、裏門へ続く小道さえも綺麗に整備されていたのに、今は見る影もない。

それでも魔導書を持った部下が先に入っているというだけあり、雑草が踏みつぶされて何とか歩ける程度に道は出来ている。

ただでさえ廃墟《はいきょ》になった屋敷は陰気な雰囲気に満ちていたが、ここにいると一度は婚約者として自分を支配しかけた男の顔まで思い出してしまい、背筋が寒くなる。

気を抜けば竦んでしまいそうな足を懸命に動かし、一刻も早く魔導書を受け取って帰ろうと玄関の扉へ手をかけた。

重厚な扉の鍵も開いていたが、吹き抜けのだだっ広い玄関ホールは暗く、奥に小さな灯りが見えるだけだ。

全ての窓に鎧戸《よろいど》が下ろされているのは勿論、ゼルニケが自慢していた見事なステンドグラスの巨大な窓も、板が打ちつけられて光を遮断している。

「……アレックス様のご指示で参りました。ユリアナです」

声が震えそうになるのを堪え、奥の灯りに向かって話しかけたが返事はない。

男性らしい人影が、手招きをするのがチラリと見えた。入って来いということだろう。

ユリアナが中へ渋々入ると、扉は重みで勝手にしまり、いっそう玄関ホールは不気味な薄暗さに支配される。

奥に立っていた男性の影が動くのが見え――次の瞬間、どこからか響いた耳障りな甲高い声と共に、青白い光が放たれた。

「っ？」

凄まじい速度で飛んできた光は、ユリアナの脇をすり抜けて背後の扉に当たる。

振り返った扉は、全体的に薄っすらと青白い光を帯びている。

ユリアナは自身で魔法を使えなくとも、魔導書を研究するからには、一通りの魔法にも熟知している。

先ほどの呪文は強力な封印魔法で、かけたものが解呪するか死ぬまでは、扉を内側からも外側からも開けなくするものだ。

しかし、これほどの魔法は、国内でもメルヒオーレを含むわずか数人しか使えないはず。

それを軽々使う相手が、一体何者かなどと考える間もなく、今度は聞いたこともない奇妙な詠唱が聞こえた。

子守歌を思わせる柔らかな旋律をもちながら、底知れぬ不気味さを帯びた呪文が耳の奥に入り込み、視界がグニャリと歪んだ。

（あら……？）

気づけばユリアナは、王城の離宮で与えられた部屋に、一人で立っていた。

頭の中に薄い霧でもかかっているように、自分が何をしていたのかも思い出せない。

とにかく嫌な気分で全身が重苦しく、とても疲れている。何かに悩んでいた気がするけれど、思い出そうと考えるのも億劫《おっくう》で、足腰から力が抜けて床にへたりこんだ。

――この嫌な気分を、誰かがさっと消してくれれば良いのに……。

ぼんやりと座りこんでいると、不意に一人の女性が傍にいるのに気が付いた。

すぐ傍にいるのに、相手の顔も姿もよく見えない。ただ、液体の入った青いガラスの小瓶を差し出されているのは、はっきりと解った。

『――お前は所詮、アレックス様に都合の良い表面だけの婚約者よ。愛されている素振りで優しくしてもらっても、彼の本心は違う。悲しくて惨めで、辛くてたまらないわよねぇ？』

霞《かすみ》がかかった頭の中に、奇妙な甲高い声が響く。

傍らの女が、ユリアナの手を取ってガラスの小瓶を握らせた。

『でも、これを飲めば大丈夫、アレックス様の心をお前の思い通りにできるわ。惨めなお飾りの妻だなんて陰口をたたかれずに済むのよ』

「これを……飲めば……」

虚ろに呟き、ユリアナはガラス瓶を見つめた。

頭の中へ直に吹き込まれるような声に、思考が痺れていく。

(そうだわ。私、アレックスには本当には好きな相手が他にいるのではと、悲しくて……)

このガラス瓶の中身が何という名前で、誰にどうやって頼んだのかも覚えてない。

けれど、奇妙な声に早く飲めと促されると、そんなことはどうでもいいような気になってくる。

(これを飲めば、愛される。アレックスの意志なんか関係なく……)

瓶のふたを開けようとした瞬間、ゾクリと悪寒が走ってユリアナは手を止めた。

(アレックスの意志を無視して？　……それでいいの？)

凄まじい自己嫌悪が沸き上がり、ぼんやりしていた思考が少しだけはっきりする。

(駄目……少なくとも、私は嫌よ。妙な薬で、アレックスを思い通りになんかしたくない。愛している人に、そんな卑怯《ひきよう》な真似はできない！)

思考はどんどんはっきりしていく。

アレックスの行動に疑問を感じ、彼を信じ切れず、他に愛している人がいるのだろうと決めつけて悲しかったのは確かだ。

でも、あんなに優しくしてくれる彼を信じたい気持ちも本当で、だから、今度こそはっきり自

分のモヤモヤした想いを含め、きちんと話し合いたいと思った。

『何をしているの。早く飲みなさい』

じれったそうに催促してくる声に、ゾワリと背筋を冷たいものが走る。

思い出した。自分は今、王宮にいるはずはない。

「私はアレックスを信じたい！　あなたの言う事なんか聞かないわ！　一体、誰なの？」

思い切り叫んだ途端、霧が晴れるように辺りの景色が変わっていく。

ユリアナはガラスの小瓶を手に、埃《ほこり》っぽい玄関ホールの床に座り込んでいた。

「な……っ」

薄暗かった玄関ホールには、いつのまにか煌々《こうこう》と魔法灯火が点《とも》り、明るく辺りを照らしている。

そして驚愕したユリアナの前に、なぜかドロテアが立ちはだかっていた。

「あのまま大人しく毒を飲めば、夢の中で楽に死ねたのに。愚かな女ね」

「ドロテア様……？」

まだ自分は、幻覚を見ているのではと疑わしく、ユリアナは目を瞬かせる。

唇を歪めて吐き捨てたドロテアは、いつもの気品に溢れながら優しそうな微笑みを浮かべた彼女とは、まるで違っていた。

邪魔な虫けらでも見ているかのように、ユリアナを憎々し気に睨んでいる。

「俺としては、このアバズレの売女《ばいた》には苦しんで死んでもらう方が嬉しいが」

不意に、ドロテアの後ろにある柱の陰から聞き覚えのある男の声がして、ユリアナは全身の毛が逆立つのを感じた。

「そんな……なぜ……」

姿を見せたのは、獄中で自殺したはずのゼルニケだった。

着ているものは質素ながらこざっぱりとしたものだが、頬がこけて、かつて王都随一の色男と名を馳せた美貌はすっかり荒んでいる。

ただ、落ちくぼんで隈《くま》が目立つ両眼は激しくギラギラと憎しみに輝き、狂気さえ感じさせる。

どうして彼らが一緒にいるのか、今の幻覚が何か、深く考えている暇はない。

（に、逃げなければ……）

しかし、ふらつきながら立ち上がろうとしたが、ゼルニケに背を蹴飛ばされて床へ倒れ込んだ。

「きゃあ！」

したたかに身体をうちつけ、痛みに目が眩んで小瓶を取りおとす。

蓋をしたままのガラス瓶は木の床にぶつかったものの、割れずに音を立てて転がっていった。

「この馬鹿女が」

ゼルニケがせせら笑い、また蹴ろうと足をふりあげた。

「っ！」

「ゼルニケ、止めなさい！」

反射的にユリアナが身を縮めて目を瞑った瞬間、ドロテアの鋭い声が飛んだ。

「自殺に見せかけなくては困るの。余計な怪我をさせたら、他殺を疑われるでしょう」

ドロテアが冷徹な声で、高圧的にゼルニケを叱責する。

「これくらい、どうとでも誤魔化せばいいだろう」

ゼルニケは動きを止めたものの、不快を露わにし舌打ちをした。

「これくらい誤魔化せばいい？　自分が未だに人を顎で使える身分だと勘違いなさっているようね。今の貴方は侯爵どころか死んだはずの人間で、単なるわたくしの部下よ」

冷ややかに言い放たれ、ゼルニケが赤黒くなった顔を憤怒に歪ませた。

「俺が投獄されたのは、今まで散々、レインデルス家の指示で汚れ仕事をしてやったからだぞ」

「ええ。だから父は、間抜けにも証拠を掴まれて投獄された貴方を、獄中自殺と見せかけて助けてあげたのよ。でもこれ以上、我が家へ迷惑をかけるのなら切り捨てるわ」

冷ややかに言い放たれたドロテアの言葉に、呟き込みながらユリアナは耳を疑った。

（レインデルス公爵が……？）

ドロテアが淑女の鑑ともてはやされているように、その父であるレインデルス公爵も、厳しいが公明正大な人格者と尊敬を集めている。

でも今の話から察するに、その公爵と娘はどうやら、ゼルニケ以上の悪事を働いていたようだ。

「じゃあ、幻覚を見せて自分で毒を飲ませるのに失敗したお嬢様は、コイツをどう片付けるつもりでございましょうか？」

ゼルニケがユリアナの髪を掴み、乱暴に引き起こした。

「痛っ」

掴まれた髪がブチブチと数本抜け、痛みに悲鳴をあげる。

ゼルニケの手を叩いたり引っ掻《ひか》いたりと躍起になって逃れようとしたが、細身の優男でも、お嬢様育ちのユリアナよりは力が強い。

呆気なく背中を踏みつけられ、床で呻く羽目になった。

「そうね。あの方に、身動きできぬようにしてもらいましょう。そのまま押さえていなさい」

ゼルニケなど完全に見下しているのだろう。ドロテアは、慇懃無礼な態度をとられても気にする風でなく、平然と指示を出す。

そして舌打ちしたゼルニケが踏みつけて抑え込んでいるユリアナの前で、彼女はドレスの隠しから一冊の薄い本を取り出した。

色とりどりの魔晶石が輝くなめし皮の表紙に、青白く光る古代文字のサインがあるのを見て、ユリアナは総毛だつ。

(これは、本物だわ！　本物の、マリスフィードが作った魔導書……！)

青白く光る特徴的な古代文字で、これが間違いなくマリスフィードの作った魔導書の原本だと解る。こうして文字を永久に光らせておく魔法は、彼女しか使えないのだ。

公表されているものならば、他国で保管されているものまで全て、彼女の原本がどのような外見なのか知っているが、この極端に薄い本には覚えがない。

てっきり、新たにマリスフィードの魔導書を見つけたというのも、自分を呼びだす嘘かと思っていたが、まさか本当にあったとは……。

「さぁ、魔導書研究をなさっている貴女なら、よくご存じの方のはずよ。ご挨拶なさい」

ドロテアが魔導書をユリアナにつきつけると、信じがたい現象が起きた。

革表紙がグニャリと歪んだかと思うと、血走った眼と黄ばんだ歯の並ぶ口が浮き出てきたのだ。

その周囲も見る見るうちに盛り上がって、鼻や頬、額が出て、皺《しわ》だらけの女の顔になる。

グロテスクな飾りなどではない。生々しい、不気味な、生きた顔が本から浮き出ていた。

「ひっ！」

おぞましさに、ユリアナは喉から引き攣った悲鳴をあげた。

瞬きもできず硬直したユリアナの視界で、魔導書の顔は表紙をグニャグニャと歪ませて口を動かす。

『まったく。このマリスフィードの幻影を破るとは、なかなかの精神力を持っている小娘だね』

革表紙に亀裂をいれるように動く口から、あの奇妙な甲高い声が発された。

「マ……マリスフィードって……まさか、自分を魔導書に……」

我ながら信じがたい予感に、ユリアナは全身を戦慄かせる。

災厄の大魔女として多くの国から追われたマリスフィードは、とある勇猛な竜騎士に追い詰められたものの、深手を負って逃げ場もなかったのに、忽然《こつぜん》と姿を消したそうだ。

遺体は見つからず、それきり彼女を見た者もいないとされていたけれど……。

『おや、察しも良いようだ。そうさ、あたしを捕まえるなんて誰にもできやしない。大昔、あたしは肉体が死ぬ寸前に、合成魔獣《キメラ》を作る要領で、自分と魔導書を融合させて生まれ変わったんだよ』

ニタリと魔導書の顔――マリスフィードが笑ったかと思うと、金切り声で呪文を詠唱する。

金縛りの魔法だとかろうじて聞き取れたものの、強く背を踏みつけられているユリアナに避けるのは不可能だった。

魔導書から放たれた金色の光に貫かれた瞬間、必死にもがいていた全身が痺れて、力が抜ける。

指一本動かせなくなったユリアナを、ドロテアが見降ろし、優美に唇を笑みの形に吊り上げた。

「お前がアレックス様の隣に立つなどおこがましい。無様に床へ倒れている姿の方がお似合いよ」

彼女は楽しそうな笑い声を挙げたが、不意にマリスフィードを持っていない方の手で額を抑え、微かによろめいた。

『おやおや、か弱いお嬢さんはこれしきでへばるのかね？　知っての通り、今のあたしに魔法を使わせたけりゃ、自分の体力気力で支払ってもらわなきゃいけないからね。しっかりしな！　あたしを落としたら承知しないよ！』

恐ろしい声で怒鳴りつけられてドロテアは僅かに肩を震わせたが、青褪めながらも言い返した。

「……少し眩暈がしただけで、どうというものではありません」

『ふぅん、そんなら結構さ』

マリスフィードは小馬鹿にしたように鼻を鳴らし、濁った黄色い目をユリアナの方へ向けた。

『ところで、アンタは魔法が使えないくせに魔導書の研究をしているんだって？　あたしの生きていた頃から千年以上も経っているとはいえ、時代も変わったもんだねぇ。魔力なし連中が王侯貴族になって大きな顔でのさばっているなんざ、信じられないよ』

唐突に話しかけてきた魔女は、ドロテアやゼルニケを横目で見て、嫌味《いやみ》っぽい溜息をついた。

（ああ、そうか……）

その姿を見て、ユリアナは推測する。指一本動かない以上、せめて考えた。

マリスフィードが生きていた文明の頃は、魔力を持っていない人間の方が少なく、彼らは蔑まされ最下層の階級と扱われていたらしい。

今の発言から、彼女は時代の移り代わりをずっと見ていたわけでなく、長くどこかで時を過ごしたあげく、最近になって変わり果てた世界で目を覚ましたと察せられる。

（それに、生きた魔導書になって朽ちる事はなくなっても、代償に失った自由はきっと大きかったんだわ）

達者に喋って見聞きして魔法を使えようと、それをするのには他の人間の力が必要で、自力では移動もままならないのだろう。

「失礼ながら、マリスフィード様。貴女は生きた魔導書となり、魔晶石に守られて不老不死となったのも同然ですが、自由に動けないのが難点でございましょう？」

いささか鼻白んだ様子でドロテアが口を挟み、意図的ではないだろうがユリアナの考えをそのまま肯定するような発言をした。

『ふん、腹が立つが、その通りだよ。ここまで動けなくなるとは想定外だった』

「マリスフィード様が、国の魔導書研究室で封印されずに済んだのは、我が家の権力と財力があってこそですわ。貴女の優れた魔法には助けられておりますが、今の貴女には私どもが必要なはず。

そこをよくお考えくださいな」

『ああ、そうだねぇ。あんたの父親には世話になったよ』

　全然悪びれない調子で言ったマリスフィードを無視し、ドロテアは先ほどユリアナへ飲ませようとした、床に転がっている液体入りのガラス瓶を指す。

「無暗に身体を痛めつけるわけにはいきませんが、貴女に絶望と屈辱を味わせたいのはわたくしも同じですわ。竜騎士団を遠方にやるべく嘘の逃亡犯情報を流したり、アレックス様の手紙と信じさせるのに翼竜の鱗を手に入れるのに苦労しましたもの」

「な……っ、貴女がロビーを訪ねていたのは、親戚への親切心ではなかったのですか！」

　驚愕に思わず声をあげると、ドロテアが微かに眉を顰めた。

「あら、ご存知でしたのね。あの見習いときたら腹だたしい。わたくしが翼竜の鱗をくれるように頼んでも、こればかりは規則だと決して譲らなかったのよ。仕方なく、汚らわしい家畜小屋に何度も足を運び、やっと一枚だけ目当ての鱗を盗みだせたわ」

「あ、貴女という人は……」

　恐怖よりも怒りに、声が震えた。

「翼竜は家畜ではなく、宿舎だっていつも綺麗だわ！　第一、貴女を優しいと信じて誠意を込めて接したロビーの気持ちを、どうしたらそこまで踏みにじれるの！」

「あんな庶民の見習いが、わたくしと個人的に話せただけで光栄と思うべきだわ。それよりもまだ時間もありますし、せっかくですからこれまでの経緯を詳しくお話ししましょうか」

優越感たっぷりにせせら笑ったドロテアの傍らで、ゼルニケも嫌な笑いを浮かべている。

「まずは、そうね……フレーセ伯爵を騙して多額の負債を背負わせたのも、わたくしの父だったと知れば、驚きますかしら？」

「っ？」

思い通りになるのはシャクだなどと考える間もなく、ドロテアの言葉に驚愕し、ユリアナの目が大きく見開かれた。

「思いもよらなかったでしょう？」

その反応に気を良くしたのか、ドロテアは饒舌《じょうぜつ》に今までのことを喋りはじめた。


レインデルス公爵は、独裁的な前王の時代に大勢の貴族がやっていたような、権力者に媚びて安易に不当な利益を貪る真似は決してしなかった。

公爵によれば、それは『三流の小悪党』がやることだからだ。

『一流の悪党』を自負する侯爵は、表向きは公明盛大な人格者を装いながら、裏では非道な犯罪に手を染めて荒稼ぎをし、子ども達にも表と裏を上手く使い分けろと教育した。

だから前王が没した途端に、後を継いだ現国王がそれまでの不正を積極的に排除しはじめても、慌てずに証拠を隠蔽して逃れられたのだ。

それでも以前よりずっと裏商売はやりにくくなったと苦く思っていたところ、半年ほど前に偶然、ある探査団が魔導書になったマリスフィードを発見したのを知った。

ただちに公爵は盗賊を装って彼らを皆殺しにして魔導書を奪い、生きた本に自らを変えた恐ろしい魔女へ取引を持ち掛けた。

マリスフィードはもはや自力で魔法を使うことさえできないが、協力者がいれば話は別だ。

災厄の魔女は早速レインデルス公爵に、自分が作り上げた魔法での悪事を提案した。

相手にリアルな幻を見せ、心の中にある欲望を大幅に膨らませて誘惑する魔法だ。

しかも幻覚魔法のように体調が悪化せず、幻覚を見たまま言うことを聞いてしまえば、術が解けた後も自分が幻覚を見たとは気づけない。全て本当だったと、思い込んでしまう。

ユリアナの父を含めて何人も、レインデルス公爵の息がかかった者の紹介で、罠《わな》にかけられた。

適当な空き家に呼び出されて入った途端、マリスフィードの魔導書を持った公爵に魔法をかけられ、『得をしたいものなら、この取引を受けるべきだ』と囁かれる。

幻覚を解くには、誘いに対して強い意志で拒絶を抱くしかないが、商売での取引をしに来た以上たとえ強欲でなかろうと『得をしたくない』とは思わない。被害者達は、そこに付け込まれた。

先ほど、ユリアナがこの屋敷に入った時も、ドロテアから例の幻覚魔法をかけられ、アレックスから愛される魔法の薬と称して猛毒を飲まされるところだったのだ。

「――でも、まさか拒否して幻覚を破るなんて」

ドロテアは眉を顰めてユリアナを睨んだが、ふと何か思いついたかのように笑いだした。

「そういえばアレックス様は、密かに手紙を読んでいた時に吐いた言葉について、噂されている内容は嘘だと言い訳なさっていたわね。もしやお前は、その言い訳を信じたのかしら？　だったらお生憎ね。嘘をついているのは、紛れもなくアレックス様なのよ」

「ここまでされて、どうして私が貴女の方を信じると思うのですか」

自信たっぷりに言い放ったドロテアの様子に嫌な予感を覚えつつ、ユリアナは尋ねた。

「私は証拠をもっているもの。アレックス様が件《くだん》の手紙を読んでいるのを見たのは、我が家の諜者《ちょうじゃ》なのですからね」

「え……」

「情報収取に城内へ忍ばせていた諜者が、アレックス様が妙に慌てて人気のない所へ行くのに気づき、一切を見ていたの。マリスフィード様に作って頂いた特製の魔晶石は、声だけでなく映像まで保存できるのよ。しかも、相手に気づかれない遠方から撮れるの」

ドロテアが空いている方の手で革の小箱を取り出し、器用に片手で開ける。

ビロードの敷かれた小箱の中には、紫の正方形をした魔晶石が一つ入っていた。

魔晶石は形や色で能力が違う。正方形の魔晶石は音声を記録する効果があり、重大な会議などで使われる非常に高価なものだが、ユリアナが何度かみたものより随分と大きい。

勝ち誇った声でドロテアが『映し出せ』と短い古代言語を口にすると、魔晶石が輝いて白い光を放ち、その光が段々と色づいて幾分か透けた映像になる。

「アレックス様……」

城内の目立たない庭らしい場所で、手紙を読んでいるアレックスの姿が映し出されていた。

四阿でエミリーが話していた通り、彼の手に持っている封筒は薄い桃色の可愛らしいものだ。

色付きの封筒を使うのは富裕層の女性くらいで、レティやユリアナも同じようなのを使っているからすぐわかる。

息を詰めてユリアナが見つめる中、半分透けた映像のアレックスが苦渋に満ちた声で呻き、額を押さえて呟いた。

『愛のない結婚でいいのなら、そうしよう』

「――――っ！」

ユリアナが声にならない悲鳴を飲み込んだと同時に、ドロテアが『消えろ』と古代言語で命じ、映像はたちまちかき消えた。

「これを見た時には、わたくしも父もアレックス様のお考えを測りかねていました」

蒼白になって震えているユリアナを見て、ドロテアは魔晶石をしまって満足そうに頷く。

「でも、この直後からフレーセ伯爵家の現状を調べたり、ゼルニケの犯罪捜査へ協力したりして、強引にお前と婚約したことで、合点がいきましたわ。魔導書さえ与えておけば満足する変人令嬢を手に入れ、都合よく愛のない結婚をするつもりだったのだと」

「……そうだ。お前が魔導書憑きの変人で王弟に目をつけられたばかりに、俺はとんだトバッチリを受けたんだよ！」

ずっと黙っていたゼルニケが、急に唸《うな》り声《ごえ》をあげた。

こちらへ向け、ゼルニケが拳を固めて振り上げる。

ユリアナは反射的に目を瞑るが、ドロテアの叱責が鋭く飛んだ。

「止めなさい！」

同時に、マリスフィードが耳障りな声で金縛りの呪文を発するのが聞こえ、ゼルニケの悲鳴と大きな音が響く。

「……？」

恐る恐る目を開けると、すぐ傍でゼルニケが倒れていた。

『ドロテアお嬢ちゃん。子飼いも満足に躾《しつけ》られないようじゃ、まだまだだねぇ』

また力を吸い取られたらしく青褪めて額を押さえているドロテアの手の中で、マリスフィードがけたたましい笑い声をあげる。

「手助けに感謝いたします」

渋々といった調子でドロテアは魔女へ礼を述べ、ユリアナに傲然と顎を逸らした。

「愚か者のせいで話がそれましたが……」

床に倒れているゼルニケを睨みつけ、ドロテアは再び話し始めた。

――ドロテアは以前から、自分につり合う男はアレックスの他にないと考え、レインデルス公爵も娘が王弟に嫁げば、王家の内部情報が手に入りやすくなると賛成した。

しかし、何度も縁談を持ち掛けていたが、アレックスは頷かなかったのに、あの手紙を読んで不審な様子をみせてから、彼の行動が一変した。

実際にゼルニケは犯罪を行っていたが、それでも警備隊と管轄の違う竜騎士団長でありながら、アレックスがその逮捕に並みならぬ様子で尽力したのは、明らかにユリアナ目当てと見られる。

もっともそれは、警備隊の内部事情やアレックスの動きを覗き見た者にしか解らないはずだから、ドロテアは迂闊《うかつ》に口外したりはしなかった。

ユリアナが元々、実家の財政難で仕方なくゼルニケと婚約したのはドロテアも知っていた。

そもそもゼルニケはユリアナの見た目が気にいっていたのに自分へ靡《なび》かないのに苛立ち、レインデルス公爵に頼んでフレーセ家を破産寸前にさせてから、婚約をもちかけたのだ。

詐欺取引の真相までアレックスは気づいていないはずだが、フレーセ家が財政難でゼルニケから融資を受けているのは簡単に調べられる。

アレックスがフレーセ家への財政支援に加え、ユリアナ個人へも魔導書研究室への推薦をしてやったことも、ドロテアはいち早く情報を仕入れていた。

あれなら、たとえ王弟から真に愛する人は他にいると言われても、変人と有名な魔導書憑き令嬢は大して気にもしないだろう。アレックスもなかなかの悪党だと苦笑した。

ところが、アレックスはユリアナを、まるで本当に愛しているかのごとく大切に扱い、周囲が唖然とするほどに仲睦まじい姿を見せつける。

その溺愛ぶりから次第に、アレックスに叶わぬ想い人がいたというのはただの噂か、もしくはいたとしても、その相手よりユリアナの方へ惹かれたのだろうと囁く者が出てきた。

それればかりか、今後はアレックスに縁談を断られたドロテアよりも、王弟に見初められ国王夫妻の受けも良いユリアナと仲良くした方が得かも知れないと、こそこそ陰で言い出す令嬢まで出て来る始末。

「――お前ごときが、わたくしよりも上に見られるなど、許せるわけがないでしょう。だから、例の手紙の噂を流したの。アレックス様は自暴自棄に形だけの結婚を選び、ちょうど実家が困窮し婚約もなくなったユリアナへ目を付けた……単純に買いとった相手へ、罪悪感から少し優しくしていたのだろうとね」

ギリギリと、整えた眉を吊り上げてドロテアは一瞬怒りを露わにしたが、すぐ我に返ったように息を吐き、優美で上品な笑みを形作った。

「ああ、そうそう。わたくしが四阿でお前と会ったのは、偶然ではなくてよ」

愉快そうに笑うドロテアに、ユリアナは目を見張った。

「どういう意味ですか？」

「最近、中庭に人が少ないからと油断し、あの隣の四阿で悪口や噂に興じる令嬢が多いのは知っていたもの。さりげなくお前に声をかけて、そういうお喋りが耳に入りそうなところへ連れて行くつもりだった。けれど、自分から行ってくれたうえに、ちょうどよくエミリー達も来たので手間が省けたわ」

「そんな……私へ嫌がらせをするためだけに、噂を広めたと？」

「馬鹿ね。たかがそれだけで、手間暇をかけて時間を割くわけがないでしょう。これは、わたくしがアレックス様の妻になる前準備に過ぎないわ」

「え……？」

信じがたい返答に、ユリアナは耳を疑う。

ドロテアに親しく接され、城内で初めて令嬢の友人ができたと思ったのに、裏切られていたショックは計り知れない。

でも、彼女はアレックスの心が別の所にあり、ユリアナとの婚約は形だけと嘲ったのに。人一倍にプライドの高そうな彼女が、どうしてその立場になりたいなんて言うのだろう。

ユリアナの表情から疑問を読み取ったのか、ドロテアは察しの悪い子を憐《あわ》れむような目線を向けて来た。

「急に結婚を決めた時、アレックス様が相当に焦って動揺していたのは確か。そこで手っ取り早く、扱いやすさだけでお前を選んだのでしょうけれど、政略結婚と割り切ってわたくしのような身分の高い令嬢を選べばよかったと、今頃後悔していてもおかしくないわ」

「そんな……アレックス様は、そんなに計算だけの人では……」

否定しつつ、先ほど見た魔晶石の証拠映像が頭をよぎり、反論の声が小さくなってしまう。

そんなユリアナを眺め、ドロテアが余裕たっぷりにせせら笑った。

「お好きに考えなさい。でも問題は、陛下の命令で既に居住を共にした以上、アレックス様が望もうと婚約破棄は難しいという点よ。……お前が生きている限りはね」

『ほほう。性悪なお姫さんは、何か良い企《たくら》みを考えついたと』

目に冷酷な光を帯びたドロテアへ、手元のマリスフィードが茶化《ちゃか》すような声をかけた。

「わたくしが作った筋書きは簡単よ」

ドロテアは魔女を一瞥《いちべつ》しただけで無視し、ユリアナへ冷笑を向ける。

「お前はアレックス様に愛されていると有頂天になっていたけれど、偶然に聞いた噂から思い当たる所に気づいて心を病んでしまう。そしてアレックス様の留守に合わせて里帰りという口実で城を出て、傷心から毒を飲んで自殺をするの」

得意げに言い放ち、ドロテアは扉を示す。

「父の手配で、ここの捜査は既に終わり、門や扉には通常の鍵しかなかった事になっているわ。ゼルニケの婚約者だったお前なら、合い鍵を持っていても不思議とは思われないでしょう。それに自殺の場所に、アレックス様に見染められたと思い込んだここをわざわざ選ぶなど、いかにも身代わりに傷ついたと当てつけがましい感じでしょう？」

「っ……それで、さっき私に毒を飲ませようと……」

「ええ。お前の行方が解らないと騒ぎになって死亡が確認されたら、わたくしは精一杯に嘆き悲しむ素振りをしてあげますわ。わたくしはエミリー達を窘《たしな》めたように、ここしばらく積極的にお前を庇う姿を誇示してきましたもの」

『おや？　王弟の非情さが自殺の原因とするんじゃ、この娘が死んだところで、親友ぶっていたあんたが婚約者の後釜になるのは変じゃないかね？』

マリスフィードが、ユリアナが考えていたのと同じ疑問を遠慮なく突っ込んだ。

「ご心配なく。わたくしとて公爵家の娘に生まれた以上、父の目に適《かな》う有望な殿方に嫁ぐ義務がありますわ。あくまでも父の考えでアレックス様との婚約は進める手はずですから」

今度は得意げに、ドロテアは魔女へ唇の端を吊り上げてみせた。

「公爵家を継いだアレックス様には、後継ぎが必要ですもの。わたくしでしたら、つまらぬ噂や愛人の存在くらいで軽率な行為はしないと、父はレインデルス公爵家と縁戚を結ぶ価値を含めて示し、今度こそアレックス様に縁談を了承させるはず。なによりも……」

ドロテアは言葉を切り、何か堪えるように俯いて肩を震わせていたが、唐突に身を反らして高笑いをした。

「たとえ最初は想い人の身代わりに娶られたとしても、結婚してしまえば親密になる機会など幾らでもやってくる。わたくしなら、何の努力もせずただ身代わりに甘んじたりなどしない。必ずやアレックス様に一番愛されて見せますわ！」

ユリアナは言葉もなく、自信たっぷりに豪語したドロテアを見上げる。

なるほど。貴族令嬢ならば政略結婚など当たり前だ。

どんな男に娶られようと、自分の魅力を武器に結婚後の人生を強く勝ち抜いてみせると言い切るドロテアは、まさに貴族令嬢の鑑なのかもしれない。

（でも……目的のためならば、何をしても良いと言うの？）

それは淑女として……いや、それ以前に人として失格ではなかろうか。

（こんな人に殺されるなんて、絶対に嫌！）

必死に逃げようとしたが、古代で恐れられた魔女の金縛りは強力で、もがこうにも手足はピクリとも動かない。

「さぁ、お喋りはもう十分。そろそろ毒を飲んで永遠の眠りについて頂くわ」

ドロテアはそう言うと、手にしたマリスフィードに話しかけた。

「幻覚が利かなかったのなら無理に飲ませなくては。ゼルニケの金縛りを解いてくださいな。……良い？　勝手な行動をしたら今度こそ父に頼んで始末してもらいますからね」

冷ややかな後半の言葉は、ゼルニケに向けられたものだった。

「わ、わかった……いや、承知いたしました」

ユリアナと同じく床に転がされたままだったゼルニケは、引き攣った声で返事をした。

『やれやれ、本使いの荒いこった』

マリスフィードがぶつくさ言いつつ、また呪文を唱えてゼルニケの金縛りを解く。

「早くそこの瓶を拾って、中身をユリアナに飲ませなさい」

ヨロヨロと起き上がって手足を摩っているゼルニケに、ドロテアが高慢に命じる。

金縛りと先ほどの脅しで懲りたのか、ゼルニケは素直に動き、毒入りの瓶を拾った。

（あれを飲まされたら……）

逃れる術もなく猛毒を喉に流し込まれる自分を想像し、ユリアナは恐怖に目を瞑る。

死を覚悟した瞬間、脳裏に浮かんだのはアレックスと初夏祭りに行った時の風景だった。

（最後に、もう一度だけでも会いたかった）

ドロテアに見せられた魔晶石の映像で、噂は本当だったと解った。

それでもユリアナは、アレックスと過ごして素晴らしい幸せを沢山もらった。

どんな理由で求婚されたにしても、彼が好きだ。彼を愛して一緒に過ごした時間は、かけがえのない宝物だ。

アレックスが『愛している』と言ってほしいのは別の人なのかもしれないから、せめて『ありがとう』と言いたい。

強く思った瞬間、玄関ホール全体が衝撃に揺れた。

目を開けると、吹き抜けになった玄関ホールの高い位置にある、板で覆われたステンドグラスの窓が、派手な音を立てて砕け散るのが見えた。

今のマリスフィードが魔法を使うには、手に持つ者から体力を奪うそうだ。恐らくドロテアの体力では建物全体に結界を張るなどできず、扉の封印が精一杯だったのだろう。

大きく破れた窓から、玄関ホールに眩しい夕陽《ゆうひ》が差し込み、降り注ぐ木片に交じって色とりどりのガラスが煌めく。

だが、ユリアナの目を奪ったのは、飛び込んできたティオと、その背に乗っている群青の鎧を身に着けたアレックスだった。

「ユリアナ！　遅れてすまない！」

アレックスが叫び、ティオも常の可愛い声が嘘のような凄まじい咆哮《ほうこう》をあげた。

信じがたい光景に目を疑いつつ、歓喜にユリアナの目から涙が溢れだす。

同時に、ゼルニケは蒼白となって硬直し、ドロテアは恐怖に顔を歪めて絶叫した。

「きゃあああ！」

ティオにギロリと睨まれた彼女は、よほど日頃から翼竜が怖かったのだろう。

耳をつんざくような叫び声を放ったかと思うと、白目を剥いて倒れた。その手から、魔導書となったマリスフィードがバサリと床に落ちる。

するとゼルニケは、途端に、顔を輝かせ、飛びかかるようにしてマリスフィードを拾い上げた。もはやユリアナには目もくれない。

「これさえあれば、もうレインデルスの言いなりになるものか！　マリスフィード！　これからは俺が、お前の持ち主だ！」

笑い声をあげたゼルニケに、ユリアナは総毛立つ。

上空のアレックスとティオも、人面の浮き出た奇怪な魔導書に驚いたようだ。

「あの翼竜と竜騎士を幻覚で操れ！」

ゼルニケが叫ぶと、マリスフィードが甲高い声で呪文を詠唱した。

だが、聞き取れないほど早口で詠唱されたそれは、幻覚魔法ではなかった。

魔法発動の光を帯びたマリスフィードから猛烈な勢いで熱風が噴射され、正面から急降下で飛び掛かろうとしていたティオを襲う。

だが、アレックスが器用にティオの手綱を操り、宙で一転した翼竜と騎士は、寸での所で攻撃を避けた。

「おい、マリスフィード！　どうして俺の言う通りにしなかった！」

怒鳴ったゼルニケに、マリスフィードがフンと鼻を鳴らして答える。

『無駄だからさ。翼竜の鱗には、あの幻覚魔法を弾く効果があるんだよ。数枚ならともかく、鎧

にされたらとても効かない。翼竜使いの一団には昔、随分と痛い目を見たもんだ』

「そ、それじゃ、どうすれば……」

『煩い口を閉じて体力だけを寄越《よこ》しな。坊や、勘違いするんでないよ。あんたの方が、あたしの持ち物なんだからね！』

革表紙を大きく歪めてマリスフィードは笑い、結界の呪文を素早く叫んだ。

扉だけを光らせていた結界の光が、たちまち玄関ホール全体を覆っていく。

アレックス達が飛び込んできた穴も、結界の光で塞がれた。

『さぁ、閉じ込めたよ！　不利な場所へのこのこ飛び込んで来るなんて、馬鹿な翼竜使いだ！』

マリスフィードがけたたましい声で嘲り、立て続けに呪文の詠唱を連発しはじめた。

呼吸すら必要ないのだろう。熱波に加え、氷の矢に旋風と、様々な攻撃魔法を、息継ぎもせずに次々と繰り出す。

ティオは巧みに身を翻して飛び回り、アレックスも手にした槍《やり》で氷の矢を弾くなど、彼らは素晴らしく息のあった連携で多様な魔法攻撃を防いでいた。

だが、広いホールとはいえ、身体の大きな翼竜が満足に飛び回るのには狭すぎる。

翼竜が存分に能力を発揮できるのは、広い野外だ。先ほどマリスフィードが嘲った通り、狭まれた空間での戦闘は明らかに竜騎士には不利だった。

（このままじゃ……）

冷や汗を滲ませて苛烈な攻防を見ていたユリアナは、ふと自分を戒めていた金縛りが随分と弱くなったのに気づいた。

首から下の感覚がまるでなくなっていたのに、じわじわと全身が温かくなり、手足が少しずつ動かせる。

そっと周囲を見渡すと、倒れて気絶したままのドロテアが視界に入った。

（そうか、金縛りはドロテアの力を使ったから、きっとそう長く持たなかったんだわ）

ユリアナと同じお嬢様育ちの彼女は、お世辞にも体力がありそうには見えない。

思い返せば、マリスフィードがこの金縛りをかけていた時も、ドロテアはよろめいていた。

普通、金縛りはもっと長時間に効くものだ。だが、自身で動けないマリスフィードは魔法を使う際、無意識に持ち手が耐えられる程度に手加減してしまったのかもしれない。

「う、ぐ、ぐ……」

見れば、ゼルニケは魔導書のマリスフィードを両手に持ち、脂汗を流して両足を踏ん張っていた。

男性だけにドロテアより体力はあるのだろうが、彼とてそう屈強な身体つきではない。

マリスフィードが魔法を使うたびに、表面に飾られた色とりどりの魔晶石が光り、ゼルニケが苦悶の呻きを発する。

体力を吸い取って魔法を使うのに、やはり持ち手が耐えられる程度にギリギリ加減をされているのかもしれないが、それでもユリアナの方へ気を払う余裕もないようだ。

ゴクリと唾を呑み、ユリアナはドレスの隠しから手編みのブレスレットを掴みだす。

アレックスとの思い出という感傷的な理由だけでなく、危険な魔導書を預かるということで、万が一の用心にこれを持ってきたのだ。まさか、本当に使う事になるとは思わなかったが……。

マリスフィードが本来の大魔女であれば、ユリアナなど到底太刀打ちの出来ない相手だ。

(でも、今の彼女は意志を持っていようと、身体は魔導書そのものだわ)

マリスフィードの顔が浮き出た表紙には炎に水、衝撃といったあらゆる破壊から本体を守る為の魔晶石が取り付けられている。

しかも、安易に魔晶石を剥がそうとすれば、即死魔法が発動する魔方陣の形でつけられていた。彼女の作った、大部分の他の魔導書と同じものだ。

……ただし、その頑強な守りにたった一つだけ、思いもよらぬ弱点が発見されているのを、長年眠っていた彼女は知らない。

知っていたら、幾らユリアナに幻影をかけるつもりでも、魔導書研究を専門にしていた相手へ警戒をもっとあらわにし、身体検査の一つでもしたはずだ。

(勝機は一度だけよ。失敗すれば、確実に殺される)

緊張と、恐怖と、焦る心を必死に抑え、慎重に機会をうかがう。

ゼルニケ達がこちらに背を向け大きな火炎魔法を放った直後、全身の力を振り絞って飛び掛かった。

「うぉっ!」

不意をくらったゼルニケは転んだが、魔導書はしっかりと両手で握りしめている。

『あたしを取り落とさせるつもりだったかい？　残念だったね、小娘!』

ゼルニケへ馬乗りになったユリアナに、真正面から向けられたおぞましい人面魔導書が、グニャリと嘲りの笑みを浮かべた。

「ヒ……はは！　死ね、ユリアナ！」

仰向《あおむ》けになったまま、ゼルニケが引き攣った大笑いを放った。

「いいえ。これで良いの」

答えると同時に、ユリアナはマリスフィードを片手で掴んで引きよせ、自分が持っていたブレスレットに押し当てる。

正確には、編みこまれた石の一つを、革表紙に浮き出た人面の周囲にある魔晶石のうち、狙いを定めた一つへ思い切り押し当てた。

その瞬間、接触した二つの石から細かな火花が散り、マリスフィードが辺りに響き渡る絶叫を放った。

ブレスレットを握る手が、焼けた鉄板を押し当てられたように熱くなり、ユリアナは苦痛に顔を歪める。

「お、おい！　マリスフィード！」

ゼルニケが慌てて呼ぶも、魔導書の顔は白目を剥いて呻くだけで、張り付けられた魔晶石は全て、みるみるうちに黒ずんで光を失っていく。

「畜生！　何をした！」

憤怒に顔を歪めてゼルニケが伸ばした手を、ユリアナは床を転がるようにして何とか逃れる。

「アレックス！　このまま魔導書を思い切り攻撃して！」

夢中で叫ぶと、すぐ真上から急降下してきたティオが目に入った。

だが、ユリアナごとゼルニケにぶつかる寸前でティオは宙がえりをして避け、その背から飛び降りたアレックスが槍を構える。

鋭い銀色の穂先が、寸分たがわずに魔導書へ浮かび上がっているマリスフィードの顔を貫いた。

「――――っ？」

形容できぬ音色の悲鳴が響き渡り、貫かれた書物から赤黒い血が噴き出す。

裏表紙から突き出た槍の穂先は、ゼルニケの鼻先すれすれで止まったが、それで十分だった。

「う……うぅ……」

ゼルニケは魔導書から噴き出た血飛沫《ちしぶき》で顔を赤くまだらに染め、飛び出さんばかりに目を剥いて硬直していた。口の端から泡を流し、ズボンの股間が濡れてツンと嫌な匂いが立ち昇る。

「キュイッ！」

傍らへ着地したティオが軽蔑たっぷりに一鳴きすると、完全に気絶したゼルニケの手が魔導書から離れる。

破れた血塗《ちまみ》れの魔導書が槍の穂先から抜け、その身体の上にベチャリと落ちたが、もはやマリスフィードの顔は原形を留《とど》めぬほど破壊され、一言も発しなかった。

途端に玄関ホールを覆っていた結界の光が消え、両開きの扉が外から弾かれるように開いた。

「アレックス様！　御無事ですか！」

武装した竜騎士と警備兵が多数、ホールに駆け込んで来る。

「ああ。ユリアナのおかげで何とか勝てたようだが……正直に言うと、これだけの魔導書を、なぜ破壊できたのか解らない」

人面魔導書の残骸とユリアナを交互に眺めて、アレックスが困惑気味に首を傾げた。

アレックスは魔導書の専門学に通じていなくとも、古代の魔晶石が優れた保護能力を持っており、ただの武器で魔導書の破壊など通常は不可能と知っていたようだ。

無茶《むちゃ》だと思われてもしかたがないのに、彼はユリアナを信じて行動してくれたのだと、胸が歓喜でいっぱいになる。

兵達が気絶しているドロテアとゼルニケの捕縛にかかり、ユリアナはアレックスに例の手編みブレスレットを見せた。

「実は、このブレスレットについていた石が……」

だが、いきなり血相を変えた彼に手首を掴まれた。

「酷い火傷をしているじゃないか！」

「あ……」

見れば掌は、魔晶石を破壊した際の放熱で大火傷《おおやけど》を負っていた。

九死に一生を得た興奮で、手の火傷など気にも留まらなくなっていたが、思い出した途端にズキズキと痛みが舞い戻って来る。

「すぐに治療を！」

誰か、アレックスが大声で叫ぶと、ティオがツンツンと鼻先で彼の肩を突いた。

「キュィ」

可愛らしく鳴いた翼竜は、長い首を曲げて自分の鱗を一枚咥えると、軽く顔を顰めて剥ぎとった。それをアレックスに渡し、ユリアナへ顎をしゃくって見せる。

「ティオ……ありがとう」

アレックスは愛竜に言い、受け取った鱗をユリアナの掌にそっと当てる。

無理に剥がした鱗には、翼竜特有の緑色の血が付着していたが、ぬるりとしたそれが掌に触れると、たちまち痛みが和らいでいく。

「えっ？」

ほんの僅かな間、ティオの血が付いた鱗を当ててもらっていただけなのに、あれほど焼《や》け爛《ただ》れていたユリアナの掌は、傷一つない状態を取り戻していた。

「翼竜の血には高い治癒効果があるが、数分しか保存が効かないうえに、なぜか翼竜自身に剥がしてもらった鱗付きでなくては効果がない。だが、ティオはユリアナになら渡したいと思ったんだろう」

アレックスの言葉を肯定するように、ティオは長い首を逸らして満足そうに頷いた。

よく見ればその巨体からは、マリスフィードの魔法攻撃で無数に受けていた傷がどんどん塞がって消えている。

「あんなに血がついていたら、きっと剥がすのは痛かったわよね。本当にありがとう」

滲んだ感涙を指で拭い、ユリアナはティオが自分で剥がした鱗の辺りを撫でる。そこにもう既に、新しい鱗が出来て傷は塞がっていた。

その治癒力にユリアナは感心したが、ふとアレックスの鎧にもあちこちに亀裂が入っているのに気づく。

丈夫な翼竜の鱗の鎧を傷つけるほど、あの魔女の魔法は凄まじかったわけだ。

「アレックスも、先に手当てを受けた方が良いのでは？」

特に彼は痛みを堪えているようにも見えなかったが、鎧に隠れているだけで怪我はしているのかもしれない。

心配になって尋ねると、アレックスは首を横に振った。

「いや。鎧の破損は大きいが、せいぜい掠《かす》り傷《きず》で済んだ。それよりも、中断させてしまった魔導書を破壊できた仕組みを教えてほしい」

「ええ」

ユリアナは、改めて彼に焼け焦げたブレスレットを見せる。

革紐とビーズのブレスレットは、マリスフィードへ押し付けた部分を中心に、すっかり黒ずんで焼け焦げ、ボロボロになっている。

その中で一番真っ黒に焼けて割れた小さなビーズは、元は少し濁った黄色の宝石で、ブレスレットを飾るビーズの中でも比較的に地味なものだった。

ユリアナはその焼け焦げたビーズの残骸を示す。

「初夏祭りの帰りに、このブレスレットをよくみたら、ビーズの一つが黄髄石《こうずいせき》という石で作られているのに気づいたの」

黄髄石は、このブレスレットが民芸品になっている地方で発掘される。

この辺りではあまりみかけないが、濁った色味で美しさにはかけるので、宝石としての価値はないに等しい。せいぜい、鉱石の収集家がコレクションの片隅に加えるくらいだ。

ただ、亡きオルリス教授は引退後、この石について非常に大きな発見をした。

魔導書の原本が、大して劣化もせずに長い年月残されているのは、ほぼ永続的に効果を発揮する優れた古代の魔晶石が、装丁にふんだんに使われているからだ。

黄髄石は、その魔晶石に触れると高温を発し、魔法効果を消してしまうという性質があった。

しかも現代で製造されている効果が低い魔晶石には影響せず、今は技術が失われて作るのが不可能な、古代の魔晶石にのみ限定された。

黄髄石が魔晶石に直接触れれば、貴重な魔導書の原本がズタボロになってしまう。

よってこの石は、魔導書を扱う場所に持ち込み禁止となっているが、そもそも研究室は基本的に関係者しか入れない。それを知るのは研究関係者くらいだ。

オルリス教授は研究室を引退後、マリスフィードのように性質の悪い魔法使いが作った、それを破壊しようとした者に死の呪いが降りかかる魔導書について、魔晶石の無効化ができないか研究していた。

とても難しかったが、ユリアナも一緒に考え、魔導書につけられている複数の魔晶石には、どれか一つ中心となるものがあるのに気づいた。

その中心石に黄髄石を当てて破壊すれば、理論的には呪いが発動する間もなくなると、教授と二人で結論づけたのだ。

そうは言っても、理屈では可能というだけで、失敗したらそれこそ死んでしまう。

教授は自分で試すと言い、旧知のメルヒオーレにそれを知らせて、万が一に失敗した後のことを頼もうとしたが、

『そんな馬鹿な頼みは聞けん。師匠のお主が命より研究を大事したら、ユリアナを含めた弟子も皆、それに習わねばと思うだろう。お前は愛弟子に同じ真似を許すのか？』と、叱られて思いとどまってくれた。あの時は、随分とホッとしたものだ。

教授は、他に試したくなる者が出ないよう、どうしようもない不測の事態でも起きぬ限り、この可能性は誰にも言うなとユリアナに約束させた。

だからユリアナも今まで、この事を誰にも言わなかったのだが、今日はそれこそ『どうしようもない不測の事態』である。

金縛りを受けている間に、マリスフィードの顔を囲んで輝く沢山の魔晶石を必死で観察し、他と僅かに光り方の違う中心石を見つけておいた。

そして金縛りが解けてマリスフィードたちの注意も逸れたので、何とか実行に踏み切れたのだ。

「そうか……」

話し終えると、兜《かぶと》を脱いだアレックスが額を抑え、深い溜息をついた。

彼の苦い表情に、謝って済むものではないと思いつつ、ユリアナは深々と頭を下げる。

他に手段がなかったとはいえ、前例のない命がけの実験に巻き込んだのも同然だ。

「魔晶石を壊した私に呪いがかからなかった以上、アレックスにも害は及ばないと考えたけれど、確証のない危険に付き合わせてしまったのには違いないわ。王族を危険に晒した罰はもちろん受けるけれど、どうか私だけにして。家族は研究についても何も知らないの」

「罰なんか与える気はないし、私が腹立たしいのは自分の不甲斐《ふがい》なさだ。ユリアナが狙われているのに気づいて助けにきたのが、逆に命がけで守られてしまった」

「でも、アレックスが来てくれなければ、私は殺されていたわ。不甲斐ないなんて……」

狼狽えながら、ユリアナはアレックスの胸元へ手をついて、さりげなく身を離そうとした。

彼は優しいから、危険に晒されたユリアナを案じてくれた気持ちは本当だと思う。

だが、ドロテアに見せられた魔晶石の映像は、しっかりと覚えている。

アレックスは、誰か大切な相手に求められて愛のない結婚をすると決め、その相手にユリアナを選んだ。それは事実だった。

何も聞かなかったことにして、アレックスの望む妻役を続けるべきだろう。それでもこんなに優しくされると、やはり自分を愛してほしいと、未練がましく考えてしまいそうなのだ。

アレックスの鎧には胸甲部分にも大きな亀裂が入っており、破けた布が少しはみ出ていた。ユリアナの指先がそこを掠めた拍子に、中から細長い紙きれがハラリと落ちる。

恐らく、鎧の下に着ていた衣服の胸ポケットも破れ、中身が胸甲に引っかかっていたのだろう。

「え……？」

床にハラリと落ちたそれを見て、ユリアナは目を疑う。

それは、勿忘草の押し花が張り付けられた、古い手作りの栞だった。

アレックスが息を呑み、素早く拾い上げて後ろ手に隠したけれど、しっかりと見えた。

押し花の下には飾り文字で、ユリアナと親友の名が記されている……この世に二つとない、レティに贈った栞だった。

なぜ、それをアレックスが持っているのか。

瞬時にしてここ数か月の出来事が頭の中を巡り、不意に思いついた。

「レティ、だったのね……」

思わず呟いた瞬間、アレックスの顔が強張ってあからさまに血の気が引いた。

青褪めて口元を引き結んだ彼の様子に、自分の考えが当たっていたのだと、ユリアナの顔から血の気が引く。

相手の出方を窺《うかが》うようにお互い黙りこくっていると、兵隊長らしき人物が駆け寄って来た。

「お取込みの所、誠に申し訳ございません！　主犯の二人は気絶しているだけで怪我はなく、その他の者も全員捕縛が済みましたので、皆へ次の指示を頂きたいのですが」

「ああ。すぐに行く」

アレックスが隊長に頷き、ユリアナに向き直った。

「済まないが、フレーセ家には使いを出すので、ユリアナもこのまま一緒に城へ戻ってほしい。

その……私に言いたいことは山ほどあるだろうが、今日の事件の詳細も含め、落ち着いてから城の部屋で話せるだろうか」

「え、ええ」

動揺に若干声を上擦らせて頷くと、アレックスはユリアナを部下に託し、兵の指示に向かった。

護衛につけられた騎士に促され、ユリアナは用意されたアレックスの馬車に乗りこむ。

妙に既視感があるのは、彼と初めて会った時も、この場所から同じ馬車で帰ったからだろう。

だが、今日は両親と弟のいる実家に帰るのではない。

城へ向かう馬車に揺られながら、ユリアナはここ数か月のことをじっくり考えていた。


その晩。ユリアナは私室で、アレックスを待っていた。

湯浴みは済ませたが、今夜は寝衣ではなく、簡素な室内ドレスを着る。

(どうして、今まで気づかなかったのかしら)

自分の好みにピッタリの部屋を見渡して溜息をついた時、部屋の扉が開かれた。

「遅くなってすまない」

やってきたアレックスも寝衣ではなく普段着の姿で、ぎこちなく視線を彷徨わせている。

久しぶりに、長椅子に並んでではなく他人行儀で向かい合わせに座り、アレックスがようやくこちらへ視線を向けた。

「……まずは、今回の事件に関することなどを、先に説明したい」

私的な話をすれば、自分たちの関係はますますギクシャクして、こうして二人で対話をするのも耐えられなくなるかもしれない。

アレックスも、ユリアナと同じくそう考えたのだろう。

今回の件について、手短に話してくれた。

「――今度こそレインデルス公爵の尻尾を掴もうと、騙された素振りで出向いたのだが、結果的にそれでユリアナを危険に晒すことになってしまった」

国王とアレックスは、以前からレインデルス公爵に裏の顔があるようだと気づき、用心深い彼の悪事の証拠を掴もうと奮闘していた。

そして先日、レインデルス公爵が竜騎士団を王都から離そうと、国境付近で怪しい動きがあると匿名の情報を流したので、あえて国王はそれに乗るように指示をした。

公爵が何か事を起こすとすれば、国王たる自分か王妃に対してだと万全の守備を固め、ユリアナもちょうど帰省を望んで城から離れたなら安全だと考えた。

しかし、ユリアナに帰省するよう説得したのが本当はドロテアで、しかも彼女の動きがどうも怪しいと、王宮密偵の長から情報が入ったのだ。

レイデルス公爵を油断させるべく、竜騎士団は実際に国境まで行ったけれど、アレックスだけは密かに城の近くで少数の部下と隠れていた。

急いでユリアナを迎えに行ったが一足遅く、王城に呼び出されたと聞き、誰かが偽の手紙を出したのだとすぐに解った。

ただドロテアは、翼竜の鼻が猟犬の数倍も聞くとは知らなかったようだ。もしくは知っていても、竜騎士団は遠くにいるとタカをくくっていたのかもしれない。

ティオは見事にユリアナが乗った馬車の匂いを追い、あの屋敷までたどり着いたのだった。

「ティオにも、改めてお礼を言わなくては」

アレックスにもう一度、窮地を助けられた礼を述べてから、可愛く頼もしい翼竜の姿を思い浮かべ、ユリアナは微笑んだ。

「ああ、そうしてやってくれ。今回一番の大手柄はティオだ」

アレックスも明るく笑ったが、すぐにその笑みを引っ込めた。

「それから……これを見て全て解っただろう？　謝って済むものではないだろうが……」

苦しそうに息を吐き、胸ポケットから礼の栞を取り出してテーブルに乗せる。

ユリアナは泣きたい気分でそれを見つめ、ゆっくりと頭を振った。

「アレックスが謝ることなんかないわ。貴方とレティが特別な関係だったと、今まで気づかなかった私が、鈍すぎたの」

「はぁ？」

途端に、アレックスが死っ頓狂な声を張り上げた。

「待ってくれ、ユリアナ。一体、どんな勘違いをしているんだ？」

「だって、アレックスは裏庭で密かに手紙を見て、苦悩した末に結婚を決めたじゃない」

「いや、だから、それは……」

「ドロテア嬢が特殊な映像記録の魔晶石を所持していたのは、取り調べで解っているでしょう?」

「貴方が本当に誰かの頼みで愛のない結婚を促されただけだと、彼女はあれに記録されていた内容を私に見せたの」

「あ、ああ……」

「な……っ?」

青褪めて硬直したアレックスを、ユリアナは申し訳ない気分で眺めた。

「私、ゼルニケと結婚すれば本当に殺されかねないと、レティに手紙で泣き言を言ってしまったわ。せめて愛がなくとも酷い目に遭わない結婚をしたいなんて……だから彼女は、ちょうど結婚をせっつかれて困っていたアレックスに、私を娶るよう頼んだのでは?」

アレックスはメルヒオーレの話題こそ時々出しても、レティについて何か口にしたことはなかったから、面識がないものと思っていた。

けれど、彼はあの栞をユリアナに見られたら顔色を変えた。つまり、レティとユリアナの交友を知っていたうえで、あえて今まで黙っていたわけだ。

レティは子を産めない身体だから男性との結婚はできないと、以前に手紙へ記していた。

アレックスの知人で、どんなに望んでも妻に出来ず、跡継ぎも望めない相手……その条件に、レティは全て当てはまっている。

アレックスがずっと密かに想い続け、結婚を促される手紙をもらい衝撃を受けていた相手は、きっとレティだったのだ。

レティは、ユリアナが酷い目に遭わされず、しかも家の破産を防ぐためには新たな婚約者の出現しかないと考え、アレックスにその役を頼んだのではないだろうか？

好みの内装も、初夏祭りが好きなことも、アレックスがレティからユリアナについて色々と聞いていたのだろう。

そして彼女は、ユリアナにいつか全てがバレた時の為に、『真実の友情』という花言葉の意味を込めたあの栞を、アレックスに渡したのかもしれない。

何があろうと自分は、いつまでもユリアナの真実の友だと……。

「私と実家の苦境を救ってくれた、レティと貴方の厚意には感謝するわ。でも、これからはもう、無理に私を愛しているふりなんかしないで。レティもアレックスも、私にとっては大切な人だから、二人の恋の間に割り込む気はないの」

もの解りの良い女になりたくて、明るく笑おうとした。でも、顔が引き攣ってうまく笑えない。うっかりすれば、レティにさえ嫉妬をしてしまいそうな自分が嫌で、声が苦くなる。

「貴方も優しいから、最初は私に愛のない結婚をと念押ししたけれど、私に床入りを無理強いさせないために、愛しているふりまでしてくれていたのでしょう？」

自分の中に渦巻くモヤモヤした想いを吐き出すように、自然と早口になる。一息に言い切ると、ポカンとした顔でアレックスに見つめられた。

「いや。そうじゃない。全然、違う。見当違いも良い所だ。まさか、そんな途方もない考えをされるとは思いもしなかった！」

これ以上ないほど、否定を並べ立てた彼が、不意に隣へ来てユリアナの両肩を掴んだ。

「ユリアナ！　あの栞を見ても、本当に気づかないのか？」

「だから、貴方がレティと特別な関係だとは解って……」

「解ってない！　私が、レティなんだ！」

「え？」

今度は、ユリアナがあんぐりと間の抜けた顔になってしまった。

「ユリアナ……十年前に君と親友になり、ずっと手紙を交わしていたのは、他の誰でもない。私自身だ。レティ・フォスナーなんて商家の娘は、最初から存在しなかった」

真剣な顔のアレックスを、目を丸くしてマジマジと眺める。

綺麗な勿忘草色の瞳。高くて形の良い鼻梁《びりょう》。少し薄い唇……記憶の中のレティと彼の顔を照らし合わせた末、頭を横に振った。

「こんな時に悪い冗談はやめて」

人が真剣に話しているのに。もし冗談で場を和ませる気なら、せめてもう少し笑えるものにしてほしいと、ちょっと腹が立ってくる。

「冗談なんかじゃない！　本当にレティは私で……ああ、もうっ！　あれだけ必死に隠していたのに、どうして私は、正直に話しても信じてもらえなくて困っているんだ？」

苛立たし気に栗色の髪を掻いた彼に、ユリアナは困惑した。

「どうしても何も……私は子供の頃にレティと過ごしたもの。彼女と貴方は、全然違うわ」

「だ、だが、アレックスとして初めて会った時に、私の目が知人とそっくりだなんて言っていたな。あれはレティを指していたんじゃないか？」

「確かにそう思ったわ。それに、二人とも綺麗な顔立ちで……まぁ、そう言われれば似ていなくもないけれど。そもそもレティは金髪の華奢な美少女で、鬘《かつら》をつけているようでもなかったわ。私、彼女の手触りの良い髪が大好きでよく編ませてもらったもの」

きっぱりと言い切り、さらに決定的な違いを指摘するべく、アレックスの右手を指した。

「しかも、アレックスは右利きじゃない。レティは左利きで、筆跡もまるで違うわ」

「なるほど。では、これで決定的な証拠になるかな」

アレックスが胸ポケットから手帳と万年筆を取り出し、左手でさらさらと何か書いた。

目の前に突き出されたページを見て、ユリアナは驚きに目を見開く。

『親愛なるユリアナ』

そう記された、少しだけ右上がりの癖がある繊細な筆跡は、間違いなく見慣れたレティのもの。

それからアレックスは、ペンを右手に持ち替えた。

先ほどの記述の次に、今度はいつもの彼の筆跡で、さらさらと自分の名前を署名してみせる。

「私は両利きなんだ。幼い頃に、利き手だった右腕を骨折し、左手を使えるよう練習した結果、右と左で筆跡がまるで違うように書ける特技ができた」

「え？　え？」

渡された手帳に記された、二種類の筆跡をまじまじと見比べた。

「髪の色は、ユリアナが療養地を去った後に、治療薬の副作用が出てこの色に変わった。身体を鍛えて声変わりもしたから、別人に見えるのは無理もない」

アレックスが悲しそうに眉を下げた。

「私は生まれつき病弱で、それを王家の恥と疎んだ父に、城を出て正体を隠して暮らすよう命じられていた。少女の振りをしても違和感のないほどに痩せて発育も遅れていたから、レティとしてメルヒオーレの所に隠れ住んでいたんだ」

ハクハクと口を開け閉めしてから、ユリアナは驚愕に掠れた声を絞り出した。

「じゃあ、本当にアレックスは……」

「君に、レティと偽りの名を名乗り、生い立ちも性別も全部出鱈目《でたらめ》を教え、十年間も騙し続けて手紙を交わしていたのは私だ。本当にすまなかった」

深々と頭を下げたアレックスを、ユリアナは呆然と見つめた。

まさか、彼がレティと同一人物だなんて。あの栞を見たって、想像できるものか。

レティの様子から、ワケありな生い立ちや複雑な家庭事情があるだろうとは察していた。

少女と偽っていたのも、前王の命令だったのなら逆らえないのは無理もない。

(でも……アレックスはどうして最初から全て話して求婚してくれなかったの？　なぜ、あんなにおかしな求婚をしたの？　私が、どれだけ悩んだと……っ)

怒涛《どとう》の疑問が脳内を埋め尽くし、複雑な思いが同時に湧く。

彼は、少女のふりをしていたと打ち明けたら、ユリアナが笑うか馬鹿にするとでも思ったのだろうか？　それをあちこちに吹聴するほど口が軽いと思ったのだろか？

（それに、あの栞を見られただけで私にレティだったのがバレたようだと思っていたみたいだけれど、解るはずないじゃない！）

髪の色も、姿形も、筆跡も違う。レティは華奢な美少女で、アレックスは凛々しい男性。

そんな二人に共通点など、瞳の色を除けばたった一つしかない。

――ユリアナを深く愛してくれていることだ。

「教えて、アレックス。どうして私に、最初から何もかも打ち明けてくれなかったの？」

大きく息を吸い、ユリアナは尋ねた。

アレックスとしてもレティとしても、彼が自分を大切に愛してくれていると、信じている。

だから、今度こそ勝手な憶測で勘違いをしたり、疑心暗鬼になったりしたくない。

「あ、ああ。本当は、十七の時に王都に戻ったら、すぐにユリアナへ会いに行って全て打ち明けようと思っていたんだが……」

アレックスは軽く目を伏せ、ポツポツと語りだした。

王宮のゴタゴタが少し片付き、社交デビューをしたユリアナにようやく告白しようとした時、偶然にどこかの令息との会話を聞いてしまった事。

親しい相手へ嘘をつくなど軽蔑すると言っていたユリアナに、自分だって名前も性別も偽っていたのだから、真実を話したら軽蔑されると恐れて、何も言えなくなった事。

その後も未練がましくレティを演じ続けていたら、ユリアナの急な結婚を知った事。

家のために愛のない結婚ができるのなら、彼女が面識もなく愛してもいない『アレックス』にもチャンスはあるのではと、誘惑に乗って求婚した事。

その際、無意識に妙な弁解を口にしてしまったばかりに、ユリアナへとんでもない誤解を抱かせてしまった事……。

「――レティだった私へ親愛を寄せてくれた君に、ずっと嘘をついていたわけだ。どんなに軽蔑されても仕方ないと思う。都合の良いことを言うが……レティとアレックス、二人の人間としてユリアナを愛することで、正体を偽っている償いにしようと思っていた」

そう言って俯いたアレックスは、まるで判決を待つ罪人みたいに肩を震わせていた。

ユリアナは彼の頬に手をかけ、そっと唇を合わせてから離す。

「ユリアナ……？」

目を丸くしているアレックスに、微笑みかけた。

「思い出したわ。社交デビューの夜会で、知人女性の婚約者が声をかけてきたの。自分の婚約者には具合が悪くなったと嘘をつくから一緒に抜け出そうと言われて、断ったのよ」

「あの時の優男が？　そこまで下種な奴《やつ》だったのか」

「私だけでなく他にも大勢の人に声をかけて遊んでいたのがバレて、婚約を破棄されたそうよ。ともかく、そういった不義理な大嘘《おおうそ》つきが嫌いなのは確かだわ」

でも……と、ユリアナはきっぱりと首を横に振る。

「それとこれとは別よ。アレックスが私に正体を偽っていたのは、前王陛下の命令なのでしょう？

もう子どもじゃないのだから、それが簡単に逆らえるものでないくらい理解できるわ」

「じゃあ、ユリアナ……」

アレックスの声が僅かに明るくなった。

ユリアナの大好きな綺麗な瞳が、期待を篭めたように煌めき、こちらを見つめる。

「私は、レティもアレックスも大好きなの。その二人が同一人物だからって、嫌いになるはずがないじゃない。今までの、二倍も貴方を好きになったわ」

そしてふと、今さらながらあることに気づいた。

「だからメルヒオーレ先生はいつも貴方をレティとは呼ばず、『あの方』と呼んでいたの？」

ユリアナの記憶にある限り、メルヒオーレがレティを名前で呼んだことは一度もない。

「彼は、私がレティとして生きるのが嫌でたまらなかったのを、知っていたからな。自分でそう名乗ったのも、ユリアナに会った時が初めてだった」

アレックスの手が背中に回り、強く抱き返される。

「ユリアナに出会えなければ、私はレティと名乗ることもなく、いじけた我が侭な子どものまま病死していた。あの栞をもらって別れる時、いつか必ず本当の名を告げて再会できるようになろうと、決意したんだ」

「……あの時の言葉は、そういう意味だったのね」

「ああ。だが、私は無自覚に君を騙していたのに気づき、真相を知られたら嫌われると思い込んでいた。そのくせ、もしかしたら許してもらえるんじゃないかなんて、都合の良い期待も抱いていたんだ。まさか本当になるなんて……嬉しくて、今すぐ死んでもいいくらいだ」

首筋に顔を埋めた彼の声は、泣きそうに震えていた。

「そんなことを言わないで。せっかくの再会に、やっと今気が付いたのよ」

ユリアナが苦笑して窘めると、アレックスが「そうだな」と笑い、卓上の栞へ視線をやった。

「ところで、勿忘草の花言葉には『私を忘れないで』と『真実の友情』の他に、『誠の愛』というのもあるらしい」

彼の両手にそっと頬を包み込まれ、ドキリと心臓が甘く跳ねた。

「そ、そうなのね。知らなかったわ……」

「あの栞を受け取った私が、どれだけユリアナにそれを言いたかったか、解るか？　この先、何があろうとも、私が誠の愛を交わすのはユリアナだけだ」

愛《いと》おしそうに目を細めた彼の顔が近づいてくる。

ユリアナは自然と目を閉じ、唇が触れ合うのを受け入れた。

寝所に移動し、じゃれ合うように抱き合っては口づけを繰り返す。

無意識に、アレックスの髪に指を絡めていると、彼が不意に身を起こした。

「そういえばユリアナは、随分と昔の私の髪を気に入っていたな。長い金髪の方が好みなら、伸ばして染料で色を昔のようにしようか？」

真顔でそんなことを言われ、一瞬呆気にとられたが、ユリアナは噴き出した。

「必要ないわ。レティの綺麗な金髪は大好きだったけれど、今のアレックスの髪も、同じくらい好き……だって、私が好きなのは髪じゃなく貴方よ。たとえ無くたって好きだわ」

丁寧に、栗色になったアレックスの短い髪を手で梳《す》いた。

「そうか。うん……当面は無くならないと思うが、そう言ってくれると嬉しいな」

晩年には生え際が後退していた父王の肖像画を思い出したのか、アレックスが若干複雑そうに苦笑した。

それからユリアナへ覆いかぶさり、頬や額に何度も口づけを落とす。

「自分に嫉妬するというのも変だが、最近までユリアナが私に目もくれず、レティに親密な手紙を送るたびに、悔しくて困った」

「両方とも貴方だったのに？　それは本当に変ね」

少しくすぐったい、掠めるような口づけに、ユリアナはクスクス笑って身を捩る。

「成長した私は、もうレティの姿に戻ることは出来ないからな。あの姿がとても嫌だったはずなのに、ユリアナとまた楽しく談笑できるのなら、いっそ戻りたいとまで思った」

「でも、レティのままだったら、最高の親友ではいられても、結婚はできなかったわね」

「ああ。そうだな。アレックスとしてユリアナの傍にいられる、魔法の言葉が欲しい」

目を細めたアレックスが、催促するようにユリアナの唇を指先で撫でた。

「……アレックス。レティだった頃の貴方も、今の貴方も、全部を愛している」

正直な気持ちながら、自分で言って照れくさくなったが、どうやら満足してもらえたらしい。

アレックスが満面の笑みとなる。

「ありがとう。私も愛している、ユリアナ」

いつのまにかユリアナは衣服を脱がされ、アレックスも裸身となっていた。

「は……ぁ」

ユリアナの口から、恍惚の吐息が漏れる。彼の体温と、素肌のこすれ合う感触が気持ち良い。

唇を合わせて手足を絡め、心行くまで互いの肌を撫でる。

穏やかな睦《むつ》み合《あ》いの感覚は、甘くてトロリとした蜂蜜の味に似ていると思った。

脳髄を幸福感で痺れさせ、もう一匙《さじ》、もう一匙と、いつまでも味わっていたくなる。

だが、快楽をしっかりと教え込まれたユリアナの身体は、次第にそれだけでは物足りなさを訴え始めた。

舌を甘く噛みつかれて、背筋をゾクゾクしたものが走り抜けた。

「んっ」

ブルリと身を震わせ、ユリアナは喉の奥で呻く。腹の奥に欲情の火がともるのを感じた。

「あ……アレックス……」

つい、強請るような、物欲しげな目で彼を見つめてしまった。

アレックスを受け入れるのに慣れ切った場所が、ヒクヒクと淫らに蠢いて、奥から熱い蜜が滲みだす。

視線だけで察してくれたのか、アレックスがふっと口角をあげて小さく笑った。

「ユリアナを、どこもかしこも全身、愛したい」

欲情を宿した声が耳元で囁かれ、聴覚を犯される快楽に眩暈がした。

仰向けにしたユリアナに伸し掛かり、固く尖った乳房の先端にアレックスが吸い付く。

素肌を擦り合わせているうちに、そこはぷくりと膨らんで真っ赤に充血していた。

濡れた舌が乳輪をぐるりと舐め、弾力を楽しむように唇で挟んでは、舌で丹念にこね回される。

両方の乳房を、指と口で丁寧に愛撫され、ユリアナは堪えきれず嬌声をあげた。

「あ、あ、あ……ああっ」

彼の髪に指を絡め、胸を自分から押し付けるように背を逸らせて、与えられる快楽に身悶える。

「あ、や……やぁ……」

「嫌じゃなくて、イイだろう？　凄く気持ち良さそうに蕩けた顔をしている」

クスリとアレックスが笑い、乳首を少し強めに摘まれた。

「ひあっ！」

鮮烈な快楽に貫かれ、ユリアナは目を見開いて頤を逸らす。

「今までも幸せだったけれど、何の後ろめたさもなくユリアナと愛し合えるのが、最高に嬉しくてたまらない」

恍惚めいた表情で、アレックスが囁いた。

ユリアナの膝裏に手をかけ、大きく開かせる。

執拗に胸へ愛撫されているうちに、ユリアナの身体は正直な反応を示していた。

秘所の花芽は充血してぷくりと可愛らしく膨らみ、花弁は綻んで、合間から滲み出た蜜が白い内腿までベットリと濡らしている。

躊躇いなく、アレックスは濡れた秘所へと舌を這わせ始めた。

「ひっ？　あ、ああっ！」

胸への刺激だけで息を荒くしていたのに、敏感な花芽を舌で舐《ねぶ》られ、ユリアナは敷布を掴んで高い声を放った。

「感じやすくて、いやらしくて、ユリアナは本当に可愛い」

綻んだ花弁の合間に、指を二本まとめて埋め込まれた。濡れそぼったそこは難なく彼の指を受け入れ、膣壁がヒクヒクと歓喜に震える。

「や、そんな、あぁ……ふっ、ああ……」

敷布を固く握りしめ、声を押さえようとしてみても、押し寄せる快楽に負けてしまう。

「凄いな。中がいつもよりずっと熱くなって、吸い付いてくる」

愛液を掻きだすように、じゅぶじゅぶと卑猥な音をたてて動かされる。

「はっ……は、あぁ……」

強い快楽が断続的に腰からせり上がり、敷布の上でユリアナは身悶えした。

気持ちいいのに、足りない。この先にあるもっと激しくて強い快楽が欲しい。

もどかしい熱に耐えるよう頭を振ると、長い黒髪が敷布に黒い蔓草《つるくさ》のような模様を描く。

豊かな白い乳房も、身悶えする動きに合わせてフルフルと揺れ、男の目を十分に楽しませた。

秘所への愛撫がいっそう激しく執拗になっていき、やがて腰の砕けそうな快楽に、ユリアナは悲鳴をあげて身を反らす。

硬く閉じた瞼の裏で無数の星が瞬き、ガクガクと腰を上下させてユリアナは達した。

「は……あぁ……」

全身から汗が噴き出し、大きく胸を喘がせながら、脱力した身体をぐったりと寝台へ落とす。

アレックスが、汗で張り付いた前髪をそっと払いのけ、ユリアナの額へ口づけをした。

彼がユリアナの足を抱え上げ、まだ絶頂の余韻にヒクヒクと震えている蜜口に、滾った雄が押し当てられる。

「あ……アレックス……待っ……」

「すまない。ユリアナが欲しくて、これ以上はもう待てない」

情欲に上擦った声とともに、グチュリと花弁をかき分けて一息に突き入れられる。

「────っ‼」

十分に濡れて解されていたので、痛みはなかった。

だが、達したばかりの鋭敏な隘路を強く擦りあげられ、余りの愉悦に脳内で火花が散る。

声も出せず、大きく開いた口を戦慄かせ、ユリアナは限界まで背をのけ反らせた。

ビクビクと膣襞が激しく痙攣し、体内の雄を締め付ける。

アレックスが小さく呻き、快楽を堪えるように顔をしかめた。

「っは……気持ち良すぎて、すぐに達してしまいそうだ」

彼はユリアナの腰を抱えなおし、激しい抽送を開始した。

膨らんだ屹立《きつりつ》が濡れた肉壁を擦り、狭い道を容赦なく擦り上げる。

「ひゃんっ、あ、ぅ……ああ……っ」

無意識にユリアナも、彼の背にしがみついて、その動きに合わせて腰をくねらせた。

奥からとめどなく愛液が分泌され、細かく泡立ったそれが結合部から溢れては、敷布を濡らす。

子宮口に雄の先端を深く食い込ませ、乳房を掴んでこねられると、たまらなかった。

「ああっ！　それ、だめぇっ！　ああっ、きもち、よくて……っ！」

脳髄が快楽に麻痺《まひ》し、呂律のまわらない舌で何を口走っているのかもよく解らぬまま、強すぎる快楽にむせびなく。

「ああ、私も気持ちいい。もっと乱れてくれ」

トロリと蕩けたアレックスの視線が間近に迫り、舌を絡めれ吸われる。

胸を弄られ、蜜壁をかき回され、結合部に差し込まれた指で花芽を悪戯されて、幾度達したかも解らない。

意識が朦朧《もうろう》とし始めた頃、アレックスが腰の動きを速めた。

淫らな水音と肌の打ちつけ合いが激しさを増し、子宮がきゅうと窄まって雄を締め付ける。

「くっ……」

アレックスが呻き、彼の熱をドクドクと奥に注がれても、終わらなかった。

艶めかしい息を吐いた彼は、すぐにまた勢いを取り戻した強直で、ユリアナの中をグチュグチュとかき回し始める。

「あっ、あ……もう、無理……」

執拗に与えられる快楽は、幾度も達した身体には辛いほどだ。

それでも、最愛の人に求められているのだと思うと、繋がった場所が熱く疼き、新たに愛液を零しはじめる。

朦朧としながら、ユリアナは殆ど力の入らない両手を伸ばし、アレックスを抱きしめた。

エピローグ

名門、レインデルス公爵家が長く悪質な犯罪に手を染めていたという事件は、しばらくベルネトス国中を大いに騒がせた。

ユリアナを殺害しようとしたドロテアだけでなく、彼女の父と兄もそれぞれ今まで犯した別の罪を問われた。

そして、改めて捕えられたゼルニケを含む、彼らの手先となって働き不当な利益を得ていた貴族や富豪商人と同じく、各々の罪に準じた処罰を裁判で下された。

マリスフィードの魔導書を使った例の詐欺事件も解決し、被害者達の負債は無効となった。

ちなみに件の生きた魔導書の残骸は、保存用の魔晶石が破壊されたせいで、血が乾くとボロボロの紙くずとなってしまった。

レインデルス公爵を尋問しても、あの魔女は偵察用の魔晶石を一つ作ったくらいで、古代魔法の呪文に関しても、決して他の者が使えるようには教えなかったという。

満足に動けない身体になった魔女は、自分を大切に扱わなければ望む魔法を使えないというのを、取引の切り札にしていたのだろう。

でも、ユリアナはそれを惜しいとは思わない。

幻覚を見せて人を操る魔法なんて不愉快だし、未解読の魔導書はまだ世界の各地にある。

胸をときめかせて解読するのは、人を不幸にする魔法ではなく、幸せにする素敵な魔法がいい。


そんな王都の混乱からしばらくたった、ある冬の日。

ユリアナとアレックスの結婚式が行われたのは、本来の予定よりも一ヵ月遅れてだった。

これは、式の前にユリアナの懐妊が判明し、安定期に入るのを待っていたからである。

また、寒い時期ということもあり、妊娠中の花嫁の負担を軽くするべく、式の内容もかなりの変更を加えられた。

冷える礼拝堂で長時間の儀式や、寒風の中のパレードなどが省かれ、参列する貴婦人方は密かに喜んだと噂されている。

その代わり、城の前庭が一般庶民にも開放されて、バルコニーから顔を出す王弟夫妻を祝えることになった。

しかも、前庭には王弟夫妻の計らいで回転木馬が用意され、竜騎士団の監督のもと、希望すれば翼竜の背にも乗せてもらえるのだ。

アレックスとユリアナの幸せな未来を祝う声が、風に乗って王宮まで届く。

「ユリアナの提案は大正解だな。こんなに楽しい結婚式は、きっと我が国が始まっていらいだ」

子どもも大人も大はしゃぎで遊んでいる光景をバルコニーから眺め、アレックスがユリアナに囁いた。

「陛下と王妃様が御寛容に受け入れてくださり、他の方々の説得にまでお力添えくださったおかげよ」

ユリアナも、近くで舞踏会を楽しんでいる賓客に聞こえぬよう、そっと気楽な口調で囁き返す。

しかしふと、この場にもういない竜騎士見習いの少年を思い出してしまった。

「……ロビーなら、きっとそう遠くない先に帰ってくる」

ユリアナの想いを見越したように、アレックスに肩を優しく抱き寄せられた。

「ええ。そうね」

ユリアナは微笑んで頷く。

ロビーはユリアナの殺害未遂事件の後、竜騎士見習いを辞めて王宮を去った。

ドロテアにティオの鱗を一枚でも盗まれたのは、彼女へ憧れて舞い上がっていた自分の管理不足だと、深く反省して辞任を願い出たのだ。

もっとも、その件に対しては竜騎士団の全員から、ロビーを庇う嘆願が出ていた。

鱗の盗難が管理不足というのなら、見習いが一人で多忙なのを承知しながら雑用を押し付け過ぎていた自分達にも責任はあると竜騎士全員が述べ、翼竜達まで不穏な気配を察したのかロビーを囲って離れなかったらしい。

しかし、罪にけじめをつけたいと城を出る決意が固いロビーに、国王は名案を提示した。

とある僻地に警備兵として勤め、自分が竜騎士に相応しくなったと思えたら戻るようにというものだ。

そこは、アレックスがかつて剣を習い、ティオを見つけた場所だと言う。国内でも数少ない、未だに天然の翼竜が住む場所だ。

竜騎士となる翼竜は不思議と雄だけで、人の環境下で繁殖することは決してない。竜騎士の相棒となっている翼竜は、発情期になったら城を離れて番を探し、子は雌が育てるらしい。

そして年に何度か妻子に会いに行くが、子どもは相棒にさえも紹介しない。

だから、見習いを終えた者が竜騎士となる最終試験は、翼竜の住む地へ行って自力で相棒となる翼竜を探すことなのだ。

アレックスが目を細め、まだあまり目立たないユリアナの腹をドレスの上からそっと撫でた。

「ロビーが帰ってきたら、私たちの子どもを紹介しよう。それに、メルヒオーレやエマのところにも、家族で揃って訪ねよう」

「ええ……そうしたいわ」

「そうするさ。絶対に」

アレックスが片目を瞑り、幸せそうな彼の表情と声音に、ユリアナの心も温かくなる。

ここじゃないどこかへ行きたいと、遠い世界に焦がれるような目をしていた子どもは、立派に成長してユリアナを愛おしそうに見つめてくれている。

自然と溢れる嬉《うれ》し涙《なみだ》を流し、ユリアナは親友で最愛の夫に、幸せいっぱいで抱きついた。

あとがき

はじめまして。もしくは、こんにちは。小桜けいです。

本書をお手に取って頂き、誠にありがとうございます！

今回のヒーローは竜騎士で書かせて頂きました。

私はそれこそ観覧車が苦行なくらい高所が苦手なのですが、その反動か創作では空を飛ぶ系のキャラが好きでたまりません。

そういうわけで、アレックスとティオが飛ぶシーンなどは特に楽しく書かせて頂きました。

特にティオは、普段のちょっと甘えん坊な所やユリアナとのやり取りなど、どれも楽しくかけて今作で一番お気に入りのキャラです。

そして二番目のお気に入り……実は、マリスフィードだったりします。

とんでもない極悪人ですが、知らない間に世界がすっかり変化して自分がどんな姿になっていようと我が道を進んでいる、究極にポジティブな女傑お婆ちゃんですよ。

こういうテンションの高い強敵タイプの悪役ですと、戦闘シーンも派手に出来るので、こちらも非常に張り切れます（笑）

勿論、ヒーローとヒロインにも愛着は持っております。

ユリアナは最初、健気系のもっと大人しいヒロインだったはずなのですが、書いてみると意外と活発なお姉ちゃんタイプになりました。実家で平穏に暮していた時は、弟に強請られて遊んだり、一緒に市井の人気スイーツを食べに行ったりなどしていたのではと思います。

一方でアレックスは成人して城に戻ったら、兄夫婦の子ども達と初めて会い、小さい甥や姪に「アレックスおじちゃま～」なんて、ワラワラ寄られて嬉しいのに戸惑っていそうです。

ちなみに、アレックスの子ども時代回想シーンにつきましては途中で大幅に一度直したのですが、修正したら作中で最も気に入ったシーンになりました。

修正指示など、編集様には大変お世話になりました。ファンタジー要素のある話を書くのが好きということでお声をかけて頂きまして、誠にありがとうございます！

そして、素敵なイラストを描いてくださいましたのは、なおやみか先生です。

見本のイラストを拝見した時から、繊細で美麗な絵を描かれる方だとワクワクし、キャラデザや表紙を頂きまして理想通りのキャラに大興奮でした。本当にありがとうございました。

最後に、本書の制作に関わってくださいました全ての方、そしてこちらを読んで頂きました読者様にも厚くお礼を申し上げます。

では。またご縁がありましたら、お会いできますように。

小桜けい

蜜猫 Mitsuneko Novels

蜜猫 novels をお買い上げいただきありがとうございます。
この作品を読んでのご意見・ご感想をお聞かせください。
あて先は下記の通りです。

〒102-0072　東京都千代田区飯田橋 2-7-3
(株)竹書房　蜜猫 novels 編集部
小桜けい先生 / なおやみか先生

契約結婚だと思ったのに、なぜか王弟殿下に溺愛されています!? ～竜騎士サマと巣ごもり蜜月～

2020 年 3 月 17 日　初版第 1 刷発行

著　者　小桜けい　
発行者　後藤明信

発行所　株式会社竹書房
〒102-0072 東京都千代田区飯田橋 2-7-3
電話　03(3264)1576(代表)
03(3234)6245(編集部)

デザイン　antenna

印刷所　中央精版印刷株式会社

Printed in JAPAN
ISBN978-4-8019-2209-9　C0093